당신의 이유는
무엇입니까

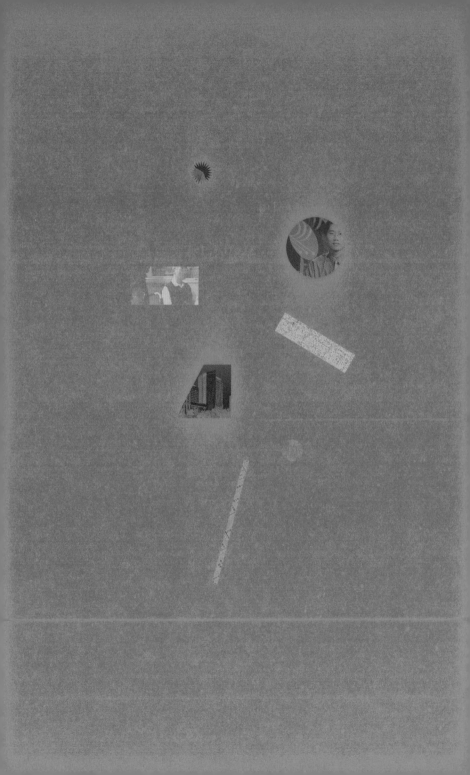

당신의 이유는 무엇입니까

사는 쪽으로,
포기하지 않는 방향으로
한 걸음 내딛는

조태호 지음

어떤
책 ◻

리뷰들

✻

이 글을 읽을 수 있는 기회가 제게 있었다는 사실만으로, 브런치는 본래의 목적을 이룬 것이라고 생각합니다. 진심이 담긴 글, 감사합니다.

— 실파

하루 종일 이 글에서 헤어 나오지 못했습니다.

— 천둥

뜻하지 않게 읽게 된 정말 최고의 글입니다. 여태까지 휴대폰으로 본 모든 글 중에 이렇게 흡인력 있고 살아 있는 깊은 글을 본 적이 없는 것 같습니다. (탈퇴한 사용자)

군대 침대 위에서 단번에 읽어 버렸습니다. 앞으로 있을 사회에서의 삶 가운데, 소망을 품고 내가 할 수 있는 최선을 다한 후, 기쁨으로 기다리겠습니다!

— 김윤호

너무 일찍부터 읽기 시작했나 봐요. 기다리지 않고 책처럼 밤을 새워서라도 다 읽고 싶네요.

— 유니게

아기띠로 아기를 안아 재우며 읽었습니다. 작가님의 인생이 녹아 있는 보석같이 반짝이는 글 감사합니다! '워라밸'이 키워드인 요즘 세상에, '안 되는 건 포기하는 거야'를 말하는 책이 대세인 현시점에, 고난과 역경을 딛고 살아 내신 작가님의 생생한 이야기 덕분에 새해에는 '할 수 있는 한 최선을 다해 보자' 다짐하기에 이르렀습니다.

— Beneric Kim

휴대폰으로 브런치북 완독하면 눈이 어질어질해지던데, 오늘은 마음도 어질어질해졌습니다. 존경한다는 말은 잘 모르는 분께 함부로 할 말은 아니겠지만, 글을 다 읽고는 그 말만 생각납니다. 어딘가에서 보이지 않는 길을 두리번거리며 열심히 살아가겠습니다.

— Mr Gray

소설 같은 삶의 이야기, 소설보다 뛰어난 문장 덕분에 앉은 자리에서 단숨에 읽었습니다.

— 홍재

견디어 내면 주어지는 것들, 견디어 내야 받을 수 있는 선물들, 그리고 그 시간들을 마냥 견디기만 해서는 발견할 수 없는 것들에 대해 생각하게 하는 글들이었습니다.

— 찰나패티쉬를가진사람

회사에서 일 안 하고 점심시간부터 퇴근시간까지 완독했습니다. 읽는 도중에 소설로 응모하신 건지 잠시 헷갈리기까지 했네요. 소설보다 더 소설 같은 삶을 지나오셨기에 지금이 있는 거겠지요. 축복합니다.

— LAMOM

무한경쟁 자본주의 사회에서 경쟁하는 자들과 그로 인해 힘들어하는 모든 이들에게 추천해 주고 싶은 글입니다.

— 심연의강자

우연히 보게 된 글, 읽기를 멈출 수 없네요. 마지막에 늘 마음이 '쿵' 하며 한 편 한 편씩 읽고 있습니다. 내 자신이 누구인가를 '슬픔'으로 물어보면서요.

— 솜사탕

작가님 글이 어쩌면 저 같은 사람, 힘든 일을 극복하려 안간힘을 쓰며 버티는 사람에게 한줄기 동아줄 같다는 느낌을 받았습니다.

— 정희정

저도 언젠가는 작가님처럼 힘 있고 울림 있는 이야기를 쓰고 싶습니다.

— 수필가 광혁씨의 일일

어느 글에도 댓글을 남긴 적이 없는데 이번에는 남길 수밖에 없네요. 브런치 여러 글을 읽으면서 그래 이쯤 하면 내 인생 괜찮지, 라며 자기위로를 했다면 작가님 글을 읽으면서는 나라는 현실에 대해 좀 더 들여다보고 나아가고 싶어지네요. 작가님 이야기에 감정이입해서 같이 분노하고 안도하는 보람된 시간이었습니다.

— 미나

자기 전에 여러 가지 고민 속에 어디서 힌트를 찾아볼까 하고 브런치에 들어왔다가 단숨에 읽어 내려갔어요. 마음에 어지럽게 다니던 것들이 읽으면서 이제 정리가 될 것 같다는 희망이 보입니다.

— 희나미

내가 나에 대해서 관대하지 못했던 이유, 지금 여기에 있는 나에 집중하지 못하고 남과 비교하며 불행했던 순간들에 대해서 더 잘 이해할 수 있게 되어서, '자동분류기'에서 조금은 벗어날 수 있게 된 것 같은 느낌입니다. 위로와 용기를 주셔서 감사합니다.

— Seo Jin Yang

헉, 소름 돋았어요. 반전에 반전을 거듭하는 이야기에 푹 빠졌습니다. 우연히 접한 작가님 글 덕에 오늘밤 잠 못 들 것 같습니다.

— 유수진

대단합니다. 처음부터 쭉 읽고 있습니다. 휴면계정을 로그인해서 댓글을 달 정도로요. 응원합니다!

— 김회장

끝날 때까지 끝난 게 아니고 지금 이긴다고 이긴 게 아니네요. 많이 배웁니다.

— 크리스

오늘 아침 대상작 중 제목에 가장 눈이 가서 아무 생각 없이 읽기 시작했습니다. 세 시간 만에 식구들 밥도 안 하고 빠져서 다 읽었네요. 저도 소설인 줄 알았을 만큼 극적인 삶을 사시고 이겨 내 오셨네요. 두 번, 세 번 읽고 싶은 이야기입니다.

— 태양과 보석의 엄마

좋은 글은 삶에서 나온다는 사실을 뼈저리게 느꼈다. 그의 글은 그가 있는 힘껏 겪어 온 삶과 그 속에서 고뇌한 생각들이 언어를 빌려 나오는 것일 뿐이었다. 그래서 단단했고, 나를 몇 시간이고 곱씹게 했다.

— For Diego (네이버 블로그 리뷰)

여기 나오는 모든 사유의 시작점이 된 죽음,

동생 조태인(1977~1978)에게

이 책을 헌정합니다.

차례

2장   기다리며 한 걸음씩

3장   기꺼이 떠나는 사람들

5장 마지막 시험

1장

당신과 나누고 싶은 이야기

1

어쩌면 당신의 삶에서 마주칠

✻

그날 나는 어디인지 모를 역에 서서 주위를 두리번거리고 있었고, 품에는 태어난 지 백일도 안 된 딸아이가 잠들어 있었다. 아내가 이제 어디로 가야 하냐고 조심스레 묻고 있는데 그걸 도무지 모르겠어서 한참을 서성이는 중이다.

　두 시간 전, 우리는 나리타 공항에 내렸다. 양가 식구들께 작별 인사를 올리고 인천공항을 떠나 이제 막 일본에 도착했는데, 엄청나게 복잡한 열차 노선도 앞에서 기가 죽은 내가 고르고 고른 열차는 엉뚱한 방향으로 향했다. 반대편 종점으로 와 버린 나는 이게 다 통제 가능한 상황이라는 표정을 지으려 노력하는 바보의 얼굴을 하고 있다.

이민 가방에, 배낭에, 기저귀 가방에 족히 리어카 한 대분은 되는 짐을 아내와 주렁주렁 나누어 들고 아이까지 들쳐 멘 채, 2003년 10월, 나의 일본 유학 첫날이 시작됐다. 어쩌면 당신의 삶에서 마주칠 이야기, 그 출발은 바로 이날이어야 할 것 같다.

첫날의 처음

일본은 난생처음 와 본다. 일본에서 무언가를 공부하려고 계획했던 건 아니다. 일본에 대해서는 그저 모두들 아는 만큼의 정보와 한국 사람이라면 대체로 가지고 있는 정도의 정서를 가졌다. 일본 말도 글도 전혀 모른다. 그런 내가 어쩌다 일본행을 택했는지…….

"안녕하세요, 조태호입니다."

TV에서 흘러나오는 목소리가 낯설다. 나는 TV 리모컨을 돌리다 보면 가끔씩 눈에 띄는 교육방송 진행자였다. 미국회사인 매크로미디어에서 기술과장으로 일하고 있었는데, 회사 업무로 출연한 TV 프로그램의 호응이 좋아 추가 방송이 잡히더니, 조금씩 출연 분량이 늘어 몇몇 프로그램에 동시에 나오는 중이었다.

그전에는 평범한 영문과 학생이었다. 영어음성학과 고전영문학 수업이 몹시 따분해 당시 화제였던 '플래시'라는 소프트웨어를 공부했는데, 운이 좋아 한국인터넷정보센터에서 주최하는 대회에서 입상했다. 이를 계기로 플래시를 제작해 판매하는 매크로미디어사에 채용되어 일을 시작했다.

졸업과 함께 취업도 하고 외국계 회사 다니며 TV에도 나오

▲ 컴퓨터 교육 TV 프로그램에 출연 중인 내 모습

니, 주변에서 보면 썩 잘나가는 듯싶었을 테다. 하지만 나로서는 여러 가지 문제들이 슬금슬금 올라와 고민이 많았던 때였다. 예를 들면.

상황 1.
본사 사람들과 영어로 회의를 하는데 갑자기 모두가 말을 멈추고 나를 본다. 눈치를 보니 누군가가 내게 질문을 한 것 같은데, 나는 조금 전 무슨 이야기가 오 갔는지도 이해를 못 했다.

상황 2.
회사 주최로 열리는 수백 명 규모의 세미나 현장. 프로그래머 한 분이 손을 들고 진행자인 나에게 질문을 한다. 모르는 분야의 내용이라 무슨 말인지도 파악을 못 하겠는데 참가자 몇몇은 아는 듯 고개를 끄덕인다. 질문이 끝나고 모두가 다시 나를 쳐다보며 내 대답을 기다린다.

이런 상황들이 몇 차례 더 찾아왔다. 사람들이 질문을 해 오는데 나 스스로도 내가 하는 답변에 확신이 없다. 단순히 좀 민망하다는 정도를 넘어 장면 하나하나가 마음에 크고 작은 스크래치들을 남기기 시작했다는 게 진짜 문제였다. 보이는 것보다 실제의 내가 부족하다는 생각을 하고 나자, TV에 나오는 내 얼굴을 알아본 사람들의 속닥거림에 움츠러들었고, 뭔가를 들킬 것만 같은 불안감에 시달렸다. 더 많이 배워서 일 잘하는 사람이 되고 싶었지만 시간도 능력도 부족한 상황이었고, 마음의 골은 점점 깊어져만 갔다.

지금 생각하면 그렇게까지 초조해할 건 없었다. 뽑혀 나가 방송도 진행한 걸 보면 사내에서 나름 인정받는 부분도 있었을 것이다. 하지만 당시 내 눈에 그런 것들은 들어오지 않았다.

우리를 종종 따라다니는 이런 불안감 뒤에는 생각지 못했던 이유가 있음을, 많은 일들을 한참 더 겪은 후에야 알게 되었다. 그 이야기를 당신과 나누고 싶어서 이 글을 시작했는데, 거기까지 가려면 내 이야기를 좀 더 해야 한다.

"혹시 일본 가서 박사 공부 한번 해 보지 않을래요?"

마침 어느 대학 교수님이 이런 제안을 해 주셨다. 평소에 인사하며 지내던 그분이 문부과학성 장학생 제도에 관해서 친절하게 설명해 주셨다. 일본의 국비 장학생이라고 했다. 자기의 '건너 건너 아는 일본인 교수'가 지금 한국인 장학생을 뽑고 싶어 하는데, 내가 원하면 장학생으로 추천해 주고 싶다고 하셨다. 문부성 장학생이 되면 박사과정 졸업 때까지 학비 면제에, 매달 생활비도 받게 될 거라고 한다.

답답한 상황에서 벗어나고만 싶던 때였다. 이 제안이 구원의 동아줄 같았다. 그 자리에서 덥석 잡았다.

국제구호개발기구에서 커리어를 쌓던 아내가 큰아이를 임신해 출산을 앞둔 시점이었다. 아내는 육아휴직을 신청하고, 나는 당차게 사표를 냈다. 그리하여 6개월 뒤 갓난아기를 품에 안은 내가 아내와 함께 나리타 공항 반대편 종점에 서 있게 된 것이다.

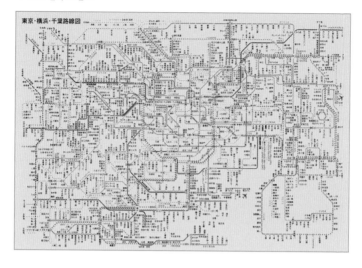

미로 같은 노선도를 노려본다. 같은 역에서 빨간색, 파란색, 노란색, 초록색 라인이 교차한다. 같은 라인이라 해도 특급, 급행, 일반, 익스프레스 열차에 따라 정차하는 역이 제각각 다르다. 시스템의 나라답게 잘 짜인 스케줄이라고 하지만 일본어가 미숙했던 내게는 그저 풀기 어려운 하나의 미로였다. 목적지는 도쿄 한복판에 위치한 오차노미즈역. 여기에 앞으로 다닐 학교가 있다.

몇 번의 시행착오를 거친 끝에 겨우 역에 도착한 때는 비행기에서 내린 지 네 시간쯤 지나서다. 짐을 잔뜩 들고 학교로 향하는 내 뒤를 아내가 아이를 안고 묵묵히 따라왔다. 두리번거리던 눈에 바쁘게 이동하는 일본 사람들이 한가득 들어온다. 공중

전화를 찾아 우리가 도착했다는 것을 학교에 알렸다. 마중 나오겠다는 답이 돌아온다. 등에 멘 가방이 끊어질 듯 어깨를 짓누른다. 그래도 일본에서의 첫날, 마음 한편은 박사학위를 받고 당당하게 고국으로 돌아갈 기대로 두근거렸다.

꿈에도 몰랐던 것이다.
연구실이 아닌 혹한의 서울 길거리에서
아무도 모르게 죽어 갈 남자가
2년 후의 내가 될 줄은.

죽음은 가볍다

✼

"2000만 원 더 만들어 오라고. 처음이라 잘 몰라? 네 머리로는 이해가 안 돼?"

술 취해 혀 꼬인 소리를 하는 이 사람은 영상의학센터를 개원하려는 고객이다. 2년 후 겨울, 나는 이 사람에게 MRI 장비를 영업하고 있다.

MRI 한 대의 정가는 10억 원이 넘는다. 가격대가 워낙 높아 어느 정도 협상의 여지가 있기는 하지만, 이미 기나긴 흥정 끝에 1억 원 이상 가격을 내린 상황이다. 2000만 원을 더 만들라는 건, 가격을 더 내린 계약서를 들고 다시 찾아오라는 이야기다. 소형 아파트 전세 값을 깎아 주었는데 중형차 한 대 값을 더 깎으려

한다. 장비 가격 인하는 영업사원의 재량이 아니다. 회사에 돌아가 부장님께 또 사정 이야기를 해야 하는데, 가격 낮추면 누가 못 파냐는 험한 소리만 들을 게 뻔하다.

이 고객은 10년 이상 경험을 쌓은 후 이제 자기 사업을 시작하려 한다. 그래서 시장 사정에 훨씬 더 밝다. 평소에는 점잖다가도 내가 찾아오면 짜증 어린 얼굴로 심한 말을 하곤 하는데, 가격 협상을 직접 할 수 있는 부장급이 아니라 이야기도 안 통하는 말단을 자꾸 보내는 게 마음에 들지 않기 때문이다. 부장님은 대형 병원만 맡는다. 이런 개인 병원은 대리급이나 사원급 담당이다.

고객이 보기에 무능하고 회사 보기에도 어설픈 초보 영업사원이 이 잠재고객을 따라다니며 접대한 지가 벌써 3개월째다. 사실 장비를 팔아도 나는 회사에서 월급을 받을 뿐, 한 푼도 더 가져가는 건 없다. 하지만 계약을 꼭 성사시켜야 한다. 의료기기 영업사원으로 지낸 지난 몇 개월간 내가 회사에 기여한 게 아무것도 없다. 가까스로 구한 이 일자리에서마저 잘릴까 봐 걱정이다.

오늘도 술자리가 이어진다. 소주 반 병이 주량인 내가 술 잘 마시는 고객을 상대로 영업을 하는 건 정말 힘들다. 이 고객은 폭탄주를 끝도 없이 만든다. 한 잔만 마셔도 어지럽고 집에 가고 싶은데 "안 마시냐?" 한마디에 연거푸 잔을 들이켠다. 정신을 놓으면 안 된다는 생각뿐이다.

"선생님 댁까지 잘 부탁해요."

대리기사에게 부탁하며 고객을 집으로 보내는 것으로 그날의 업무를 마쳤다. 새벽 2시가 넘은 시각, 나도 대리기사를 호출하고 차로 가서 의자를 젖히고 누웠다. 그제야 온몸의 긴장이 풀린다. 술기운이 걷잡을 수 없이 올라온다. 속이 답답하고 토할 것 같다. 외투를 벗어던지고 창문을 끝까지 열었다. 영하의 찬 바람을 혹- 하고 들이마시니 좀 낫다.

얼마쯤 지났을까. 대리기사가 온 것 같다. 그런데 그사이 더욱 치솟은 취기로 정신이 흐릿하다. 대리기사는 주차장 구석에 세워 놓은 차를 보지 못하고 그냥 돌아간다. 열린 창문으로 겨울바람이 쏟아져 들어와 시동 꺼진 차 안은 얼음처럼 차갑다. 체온이 위험한 수준으로 떨어지는 게 느껴지는데 술에서 깨어나지 못하겠다. 수십 해 만에 찾아온 혹한 속에 무방비로 누워 있는 내가 점점 의식을 잃어 간다.•

죽음은 거창하게 찾아오는 게 아니었다.
예상치 못한 때에 아무렇지도 않게
이토록 가볍게 나를 찾아왔다.

• 2005년은 1973년 기상 관측 이래 겨울이 가장 추운 해였다. 2005년 12월 평균 최저기온은 영하 7.4도로 1980년 12월, 2012년 12월과 더불어 월평균 최저기온이 가장 낮았다. (편집자 주)

어떤 고난의 이유

"조~ 태호 상?"

"하이, 예스."

뒤에서 부르는 소리에 깜짝 놀라 하이はい도 아니고 예스yes 도 아닌 "하이, 예스"라는 해괴한 답을 하며 돌아봤다. 오차노 미즈역을 가까스로 찾은 우리는 공중전화 부스 앞에 서서 마중 나온다는 누군가를 기다리던 중이었다. 키 작고 스포츠머리를 한 앳된 청년이 미소인지 무표정인지 모를 얼굴로 우리를 바라보고 있다. 누가 봐도 외국인 행색의 우리를 알아본 사람은 앞으로 소속될 연구실의 대학원생 다나카 상이었다. 그가 영어로 간단히 자기소개를 하더니 따라오라 했다. 첫 과제였던 학교 찾아가기를 마쳤음에 우선 마음이 놓였다.

10분쯤 걸으니 연구실이 있는 건물이 보였다. 건물 입구에서 잠시 어안이 벙벙했다. 아무리 봐도 철거 직전의 폐건물처럼 보였다. 군데군데 낡아서 시멘트가 떨어져 나간 외벽은 이빨 빠진 모양으로 방치되어 있고, 제대로 된 유리창이 없어 보일 만큼 대부분의 창문이 테이프를 붙여 놓았거나 아예 깨진 상태다. 다나카 상이 나를 흘끔 보더니 설명한다. 지금 새 연구동을 짓고 있고, 아직 옛 건물의 철거 허가가 나오지 않았단다. 신속한 철거의 필요성을 보여 주기 위해 관리도 안 하고 계속 쓰면서 일종의 시위를 하고 있다고 했다. 뭐라 대답해야 할지 몰라 조용히 계단을 뒤따라 올랐다. 먼지가 덩어리로 굴러다니고 알 수 없는 물건들이 쌓여 있는 계단을 한참 오르니 옥상 구조물이 나왔다. 연구실은 그 안에 위치해 있었다.

연구실 안으로 들어서자 삐그덕거리는 소리가 바닥에서부터 새어 나왔다. 건물 뒤편에서는 새 건물을 짓느라 공사장 소음이 시끄럽다. 철거를 기다리는 건물이라 청소하는 이가 없다는 무미건조한 설명 너머로 아이를 더욱 힘주어 안고 있는 아내가 보였다.

◀ 도쿄의과치과대학교 전경

도쿄의과치과대학교 생체 의용공학 시스템 연구실과의 첫 만남은 이랬다. 연구실 가운데 놓인 책상 앞에서 교수님을 기다리며 주위를 둘러보았다. 책상 구석에는 인공 눈알에 여러 전선을 연결한 실험도구가 괴기스럽게 놓여 있었고, 옆에는 저체온증 방지 장치라고 설명된 복잡한 기계가, 그 위에는 환자복을 입은 낡은 마네킹이 누워 있었다.

　잠시 후 복도 저편에서 무슨 소리가 어렴풋이 들린다. 삐그덕거리는 바닥 소리와 함께 누군가 혼자 중얼중얼거리며 다가오는데 교수님이라며 다들 일어선다. 와카쓰키 교수를 처음 대면하는 순간이다. 점점 형체가 가까워질수록 중얼거림도 선명해졌다. 50대 중후반쯤 되어 보이고 구부정한 거북목에 키는 165센티미터 정도다. 정리되지 않은 머리카락이 몹시 기름진 채로 뭉쳐 있어서 언뜻언뜻 민머리가 드러났다. 어깨에 하얗게 내려앉은 비듬이 자꾸 눈에 들어왔는데, 정말 특이한 것은 멈추지 않던 그 중얼거림이다.

　우리 앞에 와서도 무언가를 계속 중얼거려서 조금 무서워지려던 참에야 비로소 그가 영어로 이야기를 하기 시작했다. 일본어를 아직 못 하는 사람 앞에서 한참을 뭐라 한 건지 정말 궁금했지만 감히 물어볼 수는 없었다.

　그가 연구실과 사람들을 소개해 주기 시작했다. 아까 책상 구석에 있던 눈알이 어떤 논문에 발표됐고 이를 통해 누가 박사학위를 받아 교수가 됐는지를 알고 나니 그나마 괴기스럽지는 않아 보였다. '혼수상태 마네킹'은 수련의 도중 적성이 안 맞아 의공학으로 전공을 바꾼 우에노 상이 박사논문을 쓰기 위해 만든 것이었는데 그는 장차 나의 의료 상담도 해 주는 고마운 선배가 됐다. 알고 보니 다나카 상을 포함해 그곳에서 소개받은 대부분의 학생들이 도쿄의과치과대학을 졸업했거나 다른 의대를 졸업하고 의공학에 관심이 있어 온 영재들이었다. 컴퓨터 프로그램인 플래시를 하다 온 나는 뭔가 싶을 만큼 잠시 위축되었다. 그래도 한 가지 위안은 미국회사에서 스트레스가 됐던 내 영어가 이들 사이에선 꽤 잘하는 축에 든다는 것이다.

이 연구실에서 내가 맡은 연구 주제는 두 가지다. 먼저 의료 시설이 낙후한 섬과 도심 병원을 연결하는 원격의료 상담 시스템의 구축. 그때는 인터넷 브라우저만 있으면 화상 채팅은 물론 판서 기능까지 되는, 혁신적이고 거의 유일한 수단이 플래시였다. 이 연구는 수개월 만에 완수되었고, 연이어 일본 최남단의 오키나와간호대학과 도쿄의과치과대학을 연결하는 원격의료 시스템이 시연됐다. 연구실 전원이 도쿄에서 대기하고 나와 교수님이 오키나와로 날아가 진행한 이날의 시연은 도쿄와 오키나와의 각종 언론에 실릴 만큼 성공적이었다.

다른 하나는 치매 노인을 위한 가상현실 시스템 구축이다. 중증 치매 환자를 위해 가상현실 룸을 집에 만들고 환자가 주인공이 되는 가상현실을 마련해 가족이나 의료진이 원거리에서도 환자의 상태를 볼 수 있게 하자는 아이디어였다. 모바일게임 '포켓몬 고' 같은 증강현실 기능이 그 당시에는 플래시로 구현 가능했다. 이 연구는 이후 시나가와에 위치한 치매 노인 재활센터에서 직접 시스템을 가져가 테스트하는 단계로 나아갔다.

당시 연구실에는 교수를 제외하고는 플래시라는 툴을 제대로 아는 사람조차 없었다. 따라서 두 프로젝트 모두, 회사 다니며 플래시를 익힌 나의 경험에 크게 의존했다. 이것이 한국에서 불러온 이유였나 싶을 만큼, 오자마자 쉴 틈 없이 프로젝트가 주어졌다.

유학 도중 갑자기 귀국한 이유는 연구와 전혀 관계가 없었다. 유학생활이 뿌리째 흔들리고 내 가치관이 온통 혼란에 빠질 만큼 충격에 휩싸인 건, 늘 흘려듣던 교수의 중얼거림을 완전히 알아듣게 되고부터였다.

◂

중증 치매 환자를 위한 가상현실 룸. 이리 오라고 손짓하면 아기 캐릭터가 다가온다(위, 가운데). 다리 재활을 겸하기 위해 만든 축구장 가상현실에선 차는 속도에 따라 공이 다르게 날아간다(아래).

3

전혀 다른 세상

※

지금 들은 내용이 맞는지 긴가민가하며 와카쓰키 교수를 쳐다보았다. 다시 한번 확인시켜 주기라도 하듯, 교수는 내 쪽을 향해 반복했다.

"위안부는 다 매춘부들이라고."

그들의 방식

일본, 이 낯선 곳에서의 공부는 그들만의 독특한 커뮤니케이션 방식을 알아 가는 과정이기도 했다. 그중 하나가 말하지 않아도 알아들어야 하는 연구실의 미묘한 분위기였다.

　연구실 구석에는 뜨거운 물을 데워서 하루 종일 보온하는 커다란 전기포트가 있었다. 어느 날 선배 중 한 명이 나를 그리로 데려갔다. 아무 말 없이 물을 받아 차를 우리더니 자리로 돌아간다. 뭐지? 겸연쩍게 서 있다가 나도 자리로 돌아왔다. 그다음 날 출근해 보니 물 끓이는 포트에 전원이 꽂혀 있지 않았다. 물이 차갑다. 선배들이 포트에 손을 대더니 나를 슬쩍 본다. 혹시 나보고 아침에 물을 끓이란 소리인가?

　이튿날 아침, 8시 반쯤 서둘러 학교에 도착했다. 물을 새것으로 채우고 포트 전원을 켜니 하나둘씩 선배들이 들어온다. 눈치 빠르게 알아듣고 포트 켜 놓은 걸 알아주기를 은근히 바라며 지켜보았다. 아니나 다를까 선배들이 오자마자 포트에 손을 올려 본다. 하지만 이번에도 내 쪽을 쓱 보고는 자리로 돌아간다. 가서 포트에 손을 대 보았다. 뜨겁지가 않고 미지근하다. 그러고 보니 전기포트가 워낙 오래되어 물을 다 데우는 데 30분 이상이 걸린다. 그렇다면 선배들보다 최소한 30분 일찍 와 찻물을 데울 것, 그리고 물 온도를 통해 네가 온 시간을 알 수 있으니 늦지 말 것, 이 두 가지를 전하고 있는 건가? 아무래도 맞는 것 같다. 하지만 아닐 수도 있다. 아, 모르겠다. 그냥 말을 하지!

다음 날 아침 8시, 출근하자마자 포트에 전원을 켜고 물을 데웠다. 선배들이 출근하기를 기다렸다. 물이 뜨거운 것을 확인한 선배들이 아주 만족스러운 표정을 짓는다.

그들의 방식은 이랬다. 말을 하지 않지만, 말을 한다. 의과계열에서 공학을 연구하는 이 연구실은 선후배 관계가 군대 내무반같이 엄격했다. 찻물 데우라는 무언의 지시를 알아들은 이후, 하루도 빠짐없이 아침 8시에 연구실에 가서 찻물을 올렸다. 퇴근도 언제나 선배부터 한다. 연구실 전원이 매일 함께 점심과 저녁을 먹는데, 저녁식사 후 한두 시간쯤 지나면 교수가 연구실에 한 번 더 들른다. 모두 가도 좋다는 신호다. 졸업을 앞둔 선배부터 하나씩 집으로 가고 연구실 막내인 나는 당연히 맨 마지막이다. 그렇게 막내는 연구실 문을 열고 연구실 문을 닫는다.

어느 날은 바로 위 선배인 다나카 상이 하는 일도 없이 퇴근하지 않고 있었다. 따로 뭔가 할 일이 있나 보다 싶어 짐을 챙긴 후 먼저 간다고 하니 굉장히 당황한 표정을 짓는다. 갑자기 나를 붙잡고 쓸데없는 이야기를 시작한다. 이 무의미한 대화가 무려 한 시간 가까이 이어진다. 중간중간 다나카 상이 시계를 보는 모습을 통해 알아차렸다. 아, 아무래도 나와 함께 몇 시까지 있다가 돌아가라는 지시가 있었나 보다. 다음부터는 다나카 상이 돌아가기 전에는 먼저 일어나지 않았다. 나중에야 연구실에 교수 전용 모니터링 시스템이 있어서 모두의 퇴근시간을 체크한다는 사실을 알았다. 교수실에는 스피커도 있었는데 연구실의 모든 대화 내용이 교수실에 실시간으로 전송됐다. 교수가 직접 보여 주어서 알게 된 것들이다.

그래서 그런지 연구실 내에서는 학구적이고 공식적인 이야기 외에는 아무도 다른 말을 하지 않는다. 즉 너 물 끓여, 너 청소해, 라는 이야기를 하지 않는데, 그럼에도 시스템이 꽉 짜여 돌아간다. 이 모든 지시를 큰소리 한번 안 하고도 알아듣는 게 정말 신기하다.

일본 사람들끼리 쓰는 'KY'라는 말이 있다. 구키요메나이空気読めない를 줄인 말이다. 직역하면 공기를 읽지 못하는 사람, 즉 분위기 파악 못 하는 사람이란 뜻이다. 이 연구실에서 KY가 되면 낙오다. 특별히 말로 지시하지 않기 때문에 선배들의 모든 행동에 민감해야 한다. 만일 누군가 뒤처지면 신호가 온다. 이 신호를 알아듣기 위해 늘 깨어 있어야 하는, 특유의 공기가 있다.

◀
일본 유학생활 초기, 열심히 읽은 건 책이 아니라
공기였다. (사진 출처:일본 위키피디아)

여기서 아무 거리낌 없이 자기의 생각을 말할 수 있는 사람은 교수뿐이다. 연구실 안에서 교수는 왕을 넘어 신과도 같은 존재다. 신이 현신하여 끝없이 중얼거리며 말을 쏟아 내니, 신의 뜻을 헤아려야 하는 선배들은 그 속에 담긴 혼내本音, 속뜻를 알아듣기 위해 늘 긴장 상태다. 나는 못 알아듣는 게 차라리 다행이다 싶었지만, 일본어를 공부하는 시간이 쌓이면서 그 중얼거림이 조금씩 들리기 시작했다. 대부분 내게 쓸모없거나 들어서 좋을 게 없는 이야기들, 예를 들어 선배들을 향한 불만과 질타, 다른 교수 비난, 혹은 뉴스에 나오는 이슈에 대한 욕설 등이어서 들어도 대개는 흘려 넘겼다.

"위안부는 다 매춘부들이야."
그런데, 이 말이 갑자기 날아와 내 귀에 꽂힌 거다. 도무지 못 들은 척을 할 수가 없었다. 내 자리로 와서, 내 뒤에 서서, 내 뒤통수에 대고 한 말이었다. 난 자리에 얼어붙은 채 그 후로도 이어지는 망언들에 어찌할 바를 몰라 가만히 있었다.

"자발적으로 돈 벌려고 군대를 따라다닌 거야. 일본은 이미 보상을 다 했는데 한국에서만 저래. 돈 받으려고 저러는 거야."
아마 TV로 한국인 위안부와 관련된 어떤 뉴스를 보고 나오는 길인 듯했다. 뭔가 화가 나서 입천장에 힘을 주고 내는 듯한 코맹맹이 소리, 특유의 중얼거림은 그날따라 내 뒤에서 끝없이 이어졌다. 이 교수가 극우 성향을 가지고 있다는 건 그간 뉴스들을 들먹이며 목소리를 높이던 모습을 통해 짐작은 했다. 하지만 위안부 이슈를 이렇게 대놓고 말하는 건 한국 사람인 나를 너무도 당황스럽게 만들었다.

일본으로 오기 전 아내와 함께 변영주 감독의 〈낮은 목소리〉라는 영화를 보았었다. 그곳에서 흘러나오던 위안부 할머니들의 울음소리가 지금도 생생하다. 영화를 보며 나도 따라 울었는데……. 그분들 앞에서도 감히 그런 말을 입에 올릴 수 있을까? 지금 내 앞에서 그러듯이?

정신이 아득해지며 두려움마저 느껴졌다.

다음 날, 수업을 듣고 자리로 돌아온 나는 책상을 내려다보며 한참을 서 있었다. 책 한 권이 놓여 있었다. 제목은《친일파를 위한 변명》.

뉴스에서 이 책 이야기를 들은 바 있다. 일본은 한국을 침략한 것이 아니라 해방시켰다거나, 위안부는 자발적으로 모인 매춘부들이라는 일본 극우의 역사관을 고스란히 담고 있는, 한국 사람이 쓴 책이다. 한국에서는 청소년 유해 간행물로 지정됐는데, 일본어로 번역되면서 일본에서 출간 후 4개월간 35만 권이 넘게 팔렸다고 한다.

그 책이 내 앞에 있다. 교수가 놓고 간 거란다. 책을 들고 차례를 읽으며 눈앞이 캄캄해졌다. 난 학생으로서 교수에게 잘 보이고 연구실의 일원이 되어 무사히 졸업하고 싶었을 뿐이다. 하지만 그날 깨달은 것 같다. 둘 중 하나를 선택해야 한다는 것을. 학위를 못 받거나, 친일파가 되거나.

이 일을 누구에게도 이야기하지 못하고 혼자 끙끙댔다. 어찌해야 할지를 모르는 내게 교수는 점점 노골적으로 이야기하기 시작했다. 일본의 한국 통치는 조선의 근대화를 가져왔으므로 한국인은 일본에 감사해야 한다, 조선의 국민들은 대부분 최극빈층이나 다름없었다, 그들을 해방시킨 일본은 한국에 사죄할 필요가 없다……. 나는 매번 고개를 숙이고 가만히 있었다. 멍하니 있었다는 게 더 정확한 표현일 것이다. 그 시간이 도무지 현실처럼 느껴지질 않았다. 시간이 지나면 이런 이야기도 더는 안 하겠지, 기대도 했다. 그러나 매일 한 번꼴로 교수는 내 뒤에서 이야기를 반복했다. 교수가 내게 진짜로 원하는 것이 뭔지를 알 수 없었다. 따라올 거면 자기에게 모든 것을 맞추라는 것, 자존심을 버리고 지금처럼 머리를 숙인 채 조용히 있으라는 것인가?

결국 일이 터졌다.

다 같이 저녁식사를 하는 자리였다. 그날은 학교에서 벗어나 근처의 메이지대학에 있는 식당을 찾았다. 부근의 교내 식당

중 제일 괜찮다고 여기던 곳이다. 식당은 학생들로 붐비고 와카쓰키 교수와 연구실 학생들이 테이블 두 개를 붙여 모여 있다. 언제나 그렇듯 나 말고는 모두가 일본인이다. 이날 교수의 이야기 주제는 여러 가지를 돌고 돌아 '일본이 조선에게 해 준 좋은 일들'로 이어지고 있었다. 한일합병은 조선에 아주 잘된 일이며 일본은 조선을 근대화했다고 또다시 이야기를 시작했다. 당시 상황상 친일이 곧 나라를 위하는 길이었다고.

그리고 위안부 이야기를 꺼냈다. 교수는 전쟁 중에 군인들이 얼마나 많이 성폭행을 자행하는지를 나라별, 역사별 예를 들며 한참 설명했다. 전쟁 군인들의 생리상, 매춘부 동원은 일본군이 해낸 혁신적인 발상이라고 했다. 그러면서 한국인 위안부 피해자들에 대해 거침없이 말을 이어 갔다.

"그러니까 위안부라는 게 다른 게 아니라 그때 따라다닌 매춘부들을 말하는 거야. 그때 돈 벌어 놓고서는 허황된 이야기를 지어낸 거지. 그게 다 보상금을 받아 내려는 건데, 그 조선의 매춘부들이⋯⋯."

내가 자리에서 벌떡 일어난 건 그 순간이었다. 교수는 틈만 나면 똑같은 이야기를 내뱉었기에, 그날이 특별한 것도 아니었다. 여전히 말하고 있었을 뿐이다. 네 자존심을 남김없이 다 버려야 학위를 준다고. 그런데 유독 그날은 주변이 너무 시끄러웠다. 고개를 끄덕이며 이 이야기를 듣고 있는 연구실 사람들과 소란스러운 식당 안의 모든 일본인들이 하나가 되어 웅성거리고 수군대는 것 같았다.

식사를 하던 연구실 선배들이 갑작스레 자리에서 일어난 나를 눈을 동그랗게 뜨고 올려다본다. 이들에게 무언가를 말하고 싶다. 손이 부들부들 떨리고 가슴이 걷잡을 수 없이 뛴다.

하지만 아무 말도 못 했다. 잠시 그러고 서 있다가 그냥 나와버렸을 뿐이다.

집으로 돌아오는 길에 속이 너무너무 상했다. 뭐가 속상한지도 알 수 없었다. 뭐라고 받아치지 못해서인지, 이런 상황에 처하게 되어서인지, 하소연할 사람이 없어서인지.

밤을 꼬박 새우다시피 하고 다음 날 아침 같은 시간에 집을 나섰다. 연구실이 아니라 도서관으로 향했다. 교수에게 메일을 쓰기로 마음먹어서다. 두 번, 세 번 쓰고 지우기를 반복했다. 결국 완성한 메일에는 이런 내용이 담겼다.

교수님, 저는 한국인으로서 교수님의 역사관에 동의할 수 없습니다. 무엇보다도 저는 교수님께 역사를 배우러 이곳에 온 것이 아닙니다. 교수님의 개인적인 역사관을 한국인인 제 앞에서 말씀하시는 것은 받아들이기 힘든 부분이 있습니다.

수년 후 다시 한번 끄집어내게 되는 이메일의 결론은, 나는 공부만 하고 싶으니 역사 이야기는 하지 말아 달라는 거였다. 나를 지키기 위한 최선의 선택이었다.

이메일을 보내고 이발소를 찾아가 머리를 짧게 깎았다. '그들 방식대로' 내 의사를 표시하고 싶었다.

◄
아내가 사진으로 남겨놓은 그날의 내 모습.
이런 머리는 군대 이후 처음이었다.

답장은 없었다. 초조함 가운데 하루를 보내고 다음 날 아침, 다시 학교로 향했다. 선배들이 하나둘씩 아침 인사를 하며 들어온다. 내 머리를 슬쩍 보긴 하지만 아무런 언급은 없다. 어제 왜 안 왔는지, 그전 날에는 왜 그랬는지, 누구도 물어보지 않는다.

교수도 이내 출근했다. 역시 내 머리를 쳐다봤는데 평소와 다름없이 이것저것 중얼거릴 뿐이다. 엊그제 있었던 일에 관한 이야기는 없다. 불안하기는 했지만 그냥 이렇게 지나가나 보다 생각했다.

그렇게 다시 평온한 일상으로 접어든 것 같았다. 무엇보다도 교수는 더 이상 역사에 관한 이야기를 내 앞에서 꺼내지 않

았다. 살 것 같았다. 내 의견을 받아들인 것으로 알고 고마움에
더 열심히 했다. 밤늦게까지 공부했고 연구실에서 밤샘도 여러
번 했다. 무슨 일이든 스스로 찾아서 더 적극적으로 하려 했다.

통장에 장학금이 들어오지 않은 건 2005년 4월이었다. 매월
정확한 날짜에 입금되어 식비, 생활비를 해결해 주던 문부과학
성 장학금이 입금되지 않았다.

교수가 보낸, 그들 방식의 답장이었다.

4

단 하나의 선

*

성경에 등장하는 선악과는 '선택'을 의미한다. 세상의 모든 것을 완전하게 만들고 파괴할 수 있는 신이 아담과 하와에게 먹을 수도 있고, 먹지 않을 수도 있는 선악과를 준 이유는 뭘까.

나는 딥러닝을 공부하는 과학자다. 그런데 인공지능의 한 종류인 딥러닝으로 아무리 놀라운 프로그램을 만들었다 한들 그것은 생명이 아니다. 필요에 의해 내 의도대로만 움직이기 때문이다. 로봇이 아니라 생명이기 위해서는 '자유의지'가 주어져야 한다. 그리고 한 가지를 잊지 않게 하면 된다. 너의 생명은 스스로 이루어 낸 것이 아니라는 것.

생명을 만든 신이 부여한 단 하나의 선線이 선악과라면,

아담은 너무 성급히 선을 넘었다.

그날의 선택

"어제 장학금이 입금되지 않아서요."

아침 9시, 대학원 행정실을 찾아가 자초지종을 설명했다. 외국인 유학생 담당자는 불친절하기로 유명한 사람이다. 그가 뭔가를 뒤적거리며 확인하더니, 이쪽을 쳐다보곤 말한다.

"당신은 이제 장학생이 아니에요."

처음엔 이게 무슨 말인가 했다.

"네?"

"당신은 이제 장학금 못.받.는.다.고. 와카루わかる, 알겠어?"

늘 이런 식으로 일본어가 아직 어눌한 외국인 유학생에게 큰 소리로 되묻는 게 이 사람 특징이다. 바쁘니까 빨리 가라는 뜻도 포함되어 있다.

평소라면 돌아섰겠지만, 당연히 그럴 수 없는 상황이다. 불안감이 엄습했다. 작정을 하고 물었다. 무슨 말이냐고. 불친절한 직원의 짜증 섞인 설명이 한 마디씩 귀를 찔렀다. 서류 미비로 인한 자격 상실이라고 했다.

일본에서 박사과정생이 되려면 1년에서 2년 정도 전공생 과정을 거쳐야 한다. 전공생의 소속은 아직 대학원이 아니라 학부다. 전공생 기간 동안 학교에서 주관하는 석사과정 인증시험에 먼저 합격하고, 그 후 박사과정 입학시험에 합격해야 한다. 나는 1년 반의 전공생 기간 동안 필기, 실기, 면접과 연구실적 평가로 이루어진 이 시험들에 모두 합격했다.

나로서는 박사과정 입학 준비를 끝낸 셈이다. 그런데 문부성 장학생이라면 전공생에서 박사과정으로 넘어가는 단계에서 장학금 신청 서류를 교수가 한 번 더 제출하게 되어 있다는 것이다. 어디에도 쓰여 있지 않았고 누구도 말해 준 적 없는 사실이었다. 이 불친절한 직원을 통해 그날 알게 된 또 한 가지는, 최근 와카쓰키 교수에게 여러 번 요청했음에도 그가 서류를 제출하지 않았다는 것이었다. 직원은 내가 장학생이 아니라 일반 학생으로 박사과정에 입학이 됐고, 이에 장학금이 지급되지 않았다고 했다. 문부성 장학금을 받았던 사람은 어떠한 이유로든 다시 받을 수 없다는 조항이 있어서 내가 더 이상 문부성 장학생이 될 수 없다는 이야기도 덧붙인다. 와카쓰키 교수가 내 문부성 장학생 신분을 영구히 박탈한 것이다.

▲ 합격자를 이렇게 게시판에만 공지한다. 박사과정 최종 합격자 공지.

사무실을 나와서 더듬더듬 발걸음을 교수실로 옮겼다. 그동안 내가 먼저 교수실을 찾은 적은 거의 없었다. 문을 두드렸다. 들어오라 해서 들어갔더니 앉으란다. 그러고는 조교를 호출한다. 조교가 들어오는데 손에 녹음기를 들고 있다. 교수가 내게 왜 왔냐고 묻는다. 떨리는 목소리가 녹음기에 고스란히 담기는 걸 느끼며 말했다. "제 장학금이 끊어졌다고 하는데…… 교수님께서 서류를 제출하지 않으셨다고 하는데……" 이게 어찌된 일인지 궁금하다고 했다.

"무슨 서류?"

교수의 대답이다. 자기는 모르는 일이라고 했다. 행정실에서 뭔가 착오가 생겼나 보니 거기 가서 얘기하라면서, 더 할 말 없으면 이제 나가란다.

어찌할 수 없는 일이 벌어졌다는 느낌이 확실히 들었다. 누가 봐도 내가 올 걸 미리 알고 있었고, 뭐라고 답할지도 준비해 놓고 있었다. 그래도 설마, 하며 대학원 행정실에 다시 가 보았다. 교수에게 들은 말을 그대로 전했다. 행정실 직원은 이쪽을 보지도 않고 아까와 똑같은 대답을 한다. 우리는 수차례 서류 요청을 했고, 교수가 분명히 확인했지만 서류를 제출하지 않았다고. 그 밖의 사항은 난 모른다고, 가서 교수랑 해결하라고.

그 후로 한동안은 이 상황을 해결해 보려는 나름의 노력을 이어 나갔다. 유학생 센터에도 가 보고 문부성에 직접 문의도

해 봤지만, 날이 갈수록 내가 할 수 있는 일이 아무것도 없다는 사실만 확인될 뿐이었다. 교수와 행정실 사이의 책임 공방은 평행을 달렸다. 모든 정황상 역사 이야기는 듣기 싫고 공부만 하겠다는 나의 요구사항에 대해, 그럼 공부는 가르쳐 주겠지만 나랏돈은 줄 수 없다는 교수의 대응이었다.

교수가 끝까지 모른 체하면 아무것도 할 수가 없었다. 문부성 장학금 제도와 관련해 많은 경험을 가지고 있는 백전노장을 상대로 내게 남은 선택은 더 이상 교수에게 밉보이지 않고 자세를 더 낮추어 박사학위라도 받는 것뿐이었다. 책꽂이엔 여전히 《친일파를 위한 변명》이 나를 조롱하듯 꽂혀 있었다.

일본에 온 지 1년 반쯤 되었을 때였다. 그사이 아내는 육아휴직을 마치고 아이와 함께 한국에 들어가 있었다. 장학금에서 얼마간을 한국에 보내고 나머지로 기숙사비와 생활비를 해결해 왔는데, 갑작스러운 상황에, 길이 보이지 않았다. 기숙사비는커녕 오늘 점심을 사 먹을 돈조차 없다. 하루하루 조여 오는 상황은 연구와 공부에도 영향을 미쳐 아무것도 못 하고 폐인처럼 지내는 날들이 이어졌다.

내 쪽에서 시작된 삐그덕거림이 꽉 짜여 돌아가는 연구실 시스템에 걸림돌이 되자, 선배들이 나를 일에서 하나둘씩 제외하기 시작했다. 계속 이렇게 지낼 수는 없었다. 집에 유학자금을 요청할 수도 없는 형편상, 일단 다 멈추고 한국으로 돌아가 돈을 마련해서 다시 오는 것만이 유일한 방법이었다. 학교에 휴학계를 냈다.

*

8개월 후, 매섭게 추운 겨울밤, 서울의 후미진 술집 주차장에 의료기기 영업사원이 된 내가 정신을 잃은 채 꽁꽁 얼어 가고 있다.

시간이 얼마나 흘렀는지 알 수 없었다. 온몸이 얼어붙은 채로 있는 힘껏 몸을 움직이려 해 보았다. 기적처럼 눈이 떠졌다. 무슨 상황인지를 파악하려 애썼다. 숨이 가쁘고 머리가 멍하다. 잠결인지 꿈결인지 내 왼쪽 창문에서 바람이 들어오는 게 느껴진다. 지금 몇 시지? 다시 한번 움직이려 하지만 몸에 힘이 들어가질 않는다. 이대로 얼어 버리는 건가? 싸늘한 느낌이 머리를 스쳤다. 저 창문을 닫아야겠다……. 몽롱함 가운데 손가락을 창문 버튼에 올려놓으려 힘을 써 본다. 그때, 지금도 기억하는 아주 묘한 느낌이 찾아왔다.

그냥 있을까? 그냥 이대로…….

세상을 얼어붙게 만든 그날의 강추위는 어쩌면 내게 이 모든 것을 끝낼 수 있는 적당한 변명거리를 던져 주고 있었다.

**

한 가지 묻고 싶다.

아주 쉽게 삶과 죽음을 선택할 수 있는 기회가 주어진다면

삶을 선택해야 하는

당신의 이유는 무엇인가.

5

나라고 믿었던 것들

*

과거는 이미 지나갔다는 말에 고개를 끄덕이면서도, 우리는 흔히 과거에서 벗어나지 못하는 삶을 산다. 특히, 화려했던 과거가 지금의 나를 돋보이게 할지도 모른다는 생각은 우리가 하는 가장 보편적인 착각 중 하나다.

지금 여기

까짓것, 돌아가지 뭐. 내가 한국에서 얼마나 잘나갔는데.

휴학계를 내고 한국으로 돌아가기로 결심한 순간부터 옛 회사에서 다시 일하는 모습을 상상했다. 전화로 복직 가능 여부를 물었을 때 지사장님 반응도 긍정적이었다. 아무리 그래도 회사 다닐 때 내가 공헌했던 부분이 있으니 재입사도 순조로울 거라는 순진한 생각이었다. TV를 켜면 내가 나오던 2년 전 기억을 이리저리 곱씹으며 한국으로 출국할 날을 기다렸다. 그런데 어안이 벙벙해지는 뉴스가 들려왔다.

▼ 어도비가 매크로미디어를 인수했다. 과거의 자리로 돌아가기 어려워졌다.

어도비, 매크로미디어 인수 머니투데이 2005.04.19. 네이버뉴스 ☑
[머니투데이 김현지기자] 미국 소프트웨어 업체 **어도비시스템즈**가 **매크로미디어**를 **인수**했다. 한국어도비시스템즈는 어도비시스템즈 본사가 매크로미디어 1주당 어도비 0.69주 비율의 주식 교환 조건으로...
- 밀가, "대형 소프트웨어업체 M&A는 싫어" 머니투데이 2005.04.19. 네이버뉴스

어도비, 34억 달러에 매크로미디어 전격 인수 ZDNet Korea 2005.04.18. 네이버뉴스 ☑
업계 분석가들은 **어도비**의 **매크로미디어 인수**가 다양한 계층의 고객의 요구를 만족시켜 엄청난 수요를 창출할 것이며, 특히 신흥 시장인 모바일과 기업 시장에 참여할 수 있게 될 것이라는 전망을 내놓고 있다. 양사의...
- 어도비, 매크로미디어 인수...MS와 'PD... 아이뉴스24 2005.04.18. 네이버뉴스

어도비, 매크로미디어 인수 디지털타임스 2005.04.20. 네이버뉴스 ☑
토종SW 업계 "시너지 두렵다" PDF · 플래시 보강 강력한 플랫폼 제공 통합 라인업 구축 국내시장 입김 커질듯 한국**어도비시스템즈**(대표 이호욱)는 **어도비**가 플래시 소프트웨어 업체인 **매크로미디어**를 **인수**한다고 19일 공식...
- 어도비, 매크로미디어 인수 전자신문 2005.04.20. 네이버뉴스
- 통합 어도비, 웹 개발 시장 최강 「노림수」 ZDNet Korea 2005.04.20. 네이버뉴스

내가 다녔던 회사가 경쟁사에 피인수되어 합병을 시작한다는 뉴스였다. 놀란 마음에 가깝게 지내던 동료에게 전화해 보니 기존 직원들도 자리 보전이 불안한 상황이 됐다고 한다. 완전히 같은 일을 하는 두 회사가 하나로 합쳐지니, 절반은 잘려 나갈 수도 있는 상황이 된 것이다. 이런 혼란 가운데 복직은 먼 이야기가 되어 버렸고 그사이 나는 귀국했다.

이제 무엇을 해야 할지 다시 고민하기 시작했다. 이때만 해도 뭐든 할 일이 없을까 싶었다. 제일 먼저 눈에 띈 것은 이전에 매크로미디어사의 제품을 떼어 판매하던 국내 총판 중 한 곳에서 기술지원직을 뽑는다는 구인 광고였다. 관계가 좋았던 협력사라 지원서를 넣었다. 바로 전화가 오더니 출근하란다.

입사 첫날. 나를 대하는 분위기가 상당히 좋다. 이게 바로 벤더사 출신 프리미엄인가 혼자 생각하며 의기양양하게 책상을 정돈했다. 소프트웨어를 제조하는 벤더사는 갑, 이를 판매하는 총판은 을로 규정되던 시절이다.

오후에 부장님이 자리에 오더니 어도비사에 함께 다녀오자고 했다. 도착하니 전에 나와 함께 일하던 강 과장이 우리를 맞는다.

강 과장은 나보다 늦게 입사한, 인품이 좋은 후배였다. 그렇지만 이날은 뭔가 달랐다. 강 과장의 말투와 태도에서 나는 나의 문제를 깨달을 수 있었다. 나는 이 후배 앞에서 을이 될 준비가 전혀 되어 있지 않았다. 회사 추천으로 방송 출연을 하다가 유학을 간다며 사표 내고 훌쩍 떠난 게 엊그제 같은데, 금방 포기하고 돌아와 진급을 앞둔 후배 과장 앞에 을로 앉아 있는 사람. 이것이 나의 현실이었다. 누가 뭐라고 한 것도 아닌데 스스로 그 자리를 견딜 수가 없었다.

내가 만들어 낸 열등감이 결국 한 달 만에 회사를 그만두는 이유가 됐다. 여전히 어디 가서 일자리 하나 못 구하겠나 싶은 오만한 마음도 있었다. 그러나 온갖 정성을 들여 이력서를 보내도 아무런 답변이 없는 날이 계속됐다. 한국 취업시장은 꽁꽁 얼어붙어 있었다. 화려한 과거를 끌고 와 지금을 채우려던 나는 교만하고 콧대 높은 실직자였을 뿐이다.

실업자로 지낸 지 4개월이 지났을 무렵, 아내가 둘째를 임신했다. 등록금을 벌러 왔는데 아무 일도 못하고 시간만 보내고 있는 청년 실업자가 이제 두 아이의 아빠가 된다. 묵직한 책임감이 현재에 발을 딛고 서 있는 것도 아니고 과거에 머물러 있는 것도 아닌 나를 돌아보게 했다. 전직 엔지니어, 한때는 방송강사, 지금은 휴학생이자 백수. 하는 일이라고는 아이를 어린이집에 데려다 주고 온종일 이력서를 쓰는 일이 다인 내 모습이 날것 그대로 보이기 시작했다. 꿈을 이루지 못한 채 좁은 골방에

갇혀 있는 사람. 그 모습을 들여다보는 일이 괴롭고, 일본에서 겪었던 일에 화가 난다.

혹시 이러다 너무 큰 절망을 마주할까 봐 두렵기까지 하던 그때, 누군가 내게 질문을 던졌다. 내가 누구냐는 질문이었다.

"저요?"

"어…… 두 아이의 아빠지요."

"저희 아버지의 아들?"

"남편이요……."

"샐러리맨이었고, 지금은 휴학생……."

하지만 진지한 대답 끝에 다음 질문이 되돌아온다.

"그게 정말 당신인가요?"

우연히 참석한 어느 수련회에서였다. 이름, 직위, 관계를 규정하는 호칭 등 나를 설명하는 모든 수식어들은 결국 밖에서 내게 부여한 것들이 아닌가를 묻는 질문이었다.

직업, 성별, 나이에 따라 달라지는 호칭들, 가족 안에서 불리는 이름들…… 모두 과거의 어느 순간 그때그때 필요에 따라 주어진 것들이다. 상황이 바뀌면 언제든 다시 변하는 것들이므로 진짜 내가 아닌, '임시의 나'들이다. 이 발견이 내 숨통을 트여 주었다.

과거를 모두 빼 버린 지금의 나는 누구인가.

과거가 아닌 지금, 여기에 내가 있다. 나와 내게 부여된 과거의 것들을 하나씩 구분 짓기 시작했다. 생각해 보면 '지금 여기' 말고는 우리가 누릴 수 있는 것이 애당초 없다. '지금 여기'가 쌓이고 쌓여 내 삶이 된다면, 내가 누리는 '지금 여기'를 허망하게 흘려보내는 것이야말로 비극이 아닐 수 없다. 교만하고 콧대 높은 실직자는 '지금 여기'로 돌아와야 했다. 과거의 영향을 받지 않고, 미래를 불안해하지 않고, 지금 바로 여기서부터 시작하기. 다시 해 보리라 마음을 고쳐 먹었다.

의료기기 영업사원 채용 공지를 발견한 건 그즈음이다. 한 번도 해 보지 않은 영업 일이지만, 용기를 내 지원했다. 그렇게 해서 온종일 병원들을 돌아다니며 영업 일을 하기 시작했던 것이다. '지금 여기'에 집중하는 삶의 태도는 골방을 벗어나 세상으로 다시 한 걸음 내딛게 해 주었고, 낯설고 힘든 일이더라도 최선을 다해 해 보는 힘이 되었다.

그러나 단지 이것만으로 모든 삶이 기쁨으로 채워지지 않는다는 것을 알기까지는 오래 걸리지 않았다. 몸에 맞지 않는 새로운 일은 여전히 괴롭고, 불쑥불쑥 화가 났고, 알 수 없는 미래는 계속해서 두려웠다. 주어진 현실을 견디기 위해서는 내 마음을 좀 더 진지하게 들여다봐야 했다. 이는 깊은 곳에 자리 잡고 있는 예전 기억 하나를 떠올리게 했다. 이제 그 이야기를 할 차

레다.

무심코 키를 쥐여 준 채 내 삶의 운전대를 잡게 놓아둔 것들. '지금 여기'를 좌우하고 있는 사람이 정말 나인지를 점검해야 하는 이유. 그리고 우리도 모르는 사이 우리의 선택에 영향을 주는 마음의 상처에 관한 이야기를⋯⋯.

죽음은 무겁다

*

어릴 적 우리 식구는 아버지, 어머니, 나 그리고 세 살 터울의 남동생, 이렇게 넷이었다. 보통, 사람들이 자기의 몇 살 때부터를 기억하는지 잘 모르겠지만 내게는 대여섯 살로 추정되는 어느 날의 기억이 남아 있다. 가난한 집들이 대개 그랬듯, 우리 집은 단칸방이었고, 방 입구의 아궁이에서 연탄을 피워 추운 겨울을 났다. 겨울 내내 아궁이 위에서 끓고 있던 커다란 솥은 온종일 뜨거운 물을 내주었다.

그날은 햇살이 따사로웠던 것 같다. 난 마당쯤에서 무언가를 하며 시간을 보내고 있었다. 갑자기 요란스러운 소리가 나서 방 쪽으로 고개를 돌렸다. 사람들이 아궁이 위 끓는 물에서 뭔가를 꺼내고 있는데 조금 전까지 방 안을 이리저리 기어 다니던 내 동생이다.

사람들이 괴성을 지르며 아이를 들고 어디론가 뛰어간다. 나는 여전히 그 자리에 서 있다. 내 눈에 들어오는 장면들이 무엇을 의미하는지 그때는 완전히 이해하지 못했다. 하지만 며칠 후 내게 말을 전해 주던 누군가의 음성은 또렷하다.

"네 동생 죽었어."

그다음 기억은 부모님이 심하게 다투던 모습이다. 몹시 슬퍼하시는 아버지에게 내가 다가가 말한다.

"아빠, 내가 크면 의사가 돼서 동생 살릴게."

그 뒤론 한참 동안 기억에 없다가 할머니가 밥을 차려 주는 모습이 이어진다. 엄마 아빠는 주위에 없다. 할머니가 무서워 엄마 아빠가 어디 갔냐고 물어볼 수가 없었다.

밤에 벽을 보고 누워 할머니 눈치 못 채게 눈물을 흘리곤 했다. 들킬까 봐 젖은 베개를 뒤집으면 뽀송한 베개 살이 볼에 닿았다. 부모님이 이혼하신 건 시간이 더 지나서 알았다. 이후 나는 내내 할머니 손에 자랐다.

내가 태어나 처음 목격한 죽음은 그래서 엄마, 아빠, 동생, 어린 시절 내 가족을 송두리째 빼앗아 갔다.

자동분류기

다리가 부러졌는데 소리를 지르기로 선택하는 사람은 없다. 정상적인 사람이 그 정도로 아프면 그냥 소리를 지른다. 하지만 어린아이가 거실에서 뛰다 넘어지면 일단 주위를 둘러본다. 엄마가 있으면 있는 힘껏 목청을 높이며 울고, 아무도 없으면 탈탈 털고 일어나 다시 신나게 논다. 선택의 범주에 있다.

우리 삶은 지금 여기에서 일어나는 일들을 놓고 어떤 행동을 할지를 선택하는, 끊임없는 선택의 연속이다. 선택의 순간을 통찰력을 가지고 요모조모 살펴보는 건 참 중요하다. 운전 중에 누군가 갑자기 끼어들어 화가 치밀어 올랐다고 하자. 가만히 들여다보면, 차가 끼어든 일과 내가 화를 낸 일 사이에는 '이건 화가 날 상황이야' 하며 화를 내기로 선택하는 순간이 분명히 있다. 저 차 때문에 화가 난다고 생각하지만, 실은 그 사건을 놓고 내 안에서 무언가가 작동한 결과가 나의 화다. 문제는 우리가 그 선택의 순간을 좀처럼 인지하지 못한다는 데 있다. 로봇처럼 자동으로 화를 내는 것이다. 상황에 나를 온통 내주고 자동으로 슬퍼하고, 자동으로 기뻐하고, 자동으로 괴로워한다. 인생의 주체가 내가 아니라 상황이 되어 버린다.

이는 어떤 일에 대하여 이건 화가 날 일, 이건 슬픈 일이라고 결정짓는 '자동분류기'가 유년기부터 차츰차츰 만들어지기 때문이다. 느닷없이 따귀를 때리는 행인에게 무슨 일이 있으시냐고 침착하게 묻는 사람과 길거리에서 실수로 어깨를 치고 지나가는 행인에게 불같이 화를 내는 사람의 차이는, 이 자동분류기를 때려 부수고 반응의 주인이 된 사람과 여전히 자동분류기의 공식에 따라 주어진 상황에 자동으로 반응하며 사는 사람의 차이라고 할 수 있다.

성장기에 경험한 것들, 특히 충격이나 상처 들은 자신도 모르는 사이 그 사람의 삶에 영향을 미친다. 예를 들어 누군가에게 잘 보이는 것이 생존과 직결되는 아동기를 보냈다면, 이 사람은 그렇지 않은 사람보다 남의 시선에 조금이라도 더 신경 쓰는 쪽의 선택을 하며 살아갈 가능성이 높다. 어린 시절 나에게 일어난 일을 봐도 그렇다. 나의 의지와 관계없이 일어난 일들이 내 삶에 엄청난 변화를 가져왔다. 그 일들은 나에게 세상에는 감당할 수 없는 거대한 것들이 존재한다는 두려움을 안겨 주었고, 나를 웅크리게 했으며, 주변의 태도와 평가에 민감하게 반응하게끔 했다. 두려움이 내 안의 자동분류기를 더욱 거대하고 단단하게 만들었던 것이다.

적성에 맞지 않는 일을 하며 힘들어하던 그때, '임시의 나'를 벗고 지금 여기에 집중하는 것만으로 모든 것이 해결되지 않았던 이유는, 단 한 번의 결심만으로 완전히 뒤바뀔 만큼 나라는 존재가 단순하지 않기 때문이다. 내 속은 태어나 지금까지 살아 오면서 몸이, 마음이 겪은 끊임없는 사건들이 만들어 낸 자동분류기로 가득 차 있다. 내 의지와 관계없이 일어나는 일들을 만날 때마다 나는 자동으로 두려워하고, 자동으로 화를 내고, 자동으로 슬퍼하며, 이미 지나가고 사라진 과거의 영향 아래 살아가고 있었다.

그제야 나는 스스로에게 묻는다.
그렇다면 무엇을 바꾸어야 하고, 어떻게 해야 하는가.

7

처음부터 내게 있었다

✲

팩트와 느낌은 서로 독립적이다.

둘 사이의 연결은 내가 만들었다.

방어적 이상형

일자리가 없어서 화가 난 내가 있다. 그런데 '일자리가 없다'는 건 팩트고, '화가 났다'는 건 느낌이고 감정이다. 이 두 가지는 완전히 별개다. 일자리가 없어도 그 시간을 자기계발이나 어학 공부를 위해 쓰는 사람도 있다. 골방에 갇혀 내내 화를 내던 내 모습은 '일자리가 없다'는 자극을 놓고 '화'를 선택하도록 내 안의 무언가가 작동한 결과였다. 일이 화를 준 것이 아니라 내가 화를 불러와 나의 시간과 공간을 채우고 있었다. 이 사실을 알아차리지 못했다면 난 골방에서의 넉 달을 견디지 못했을지도 모른다. 와카쓰키 교수를 원망하느라 하루하루를 온통 그르쳤을 것이다.

팩트와 느낌 사이에는 반드시 틈이 있다. 고정관념에 사로잡혀 로봇처럼 반응하지 않으려면 둘 사이의 틈을 최대한 벌려 놓아야 한다. 반응에 대한 선택권을 내 손에 틀어쥐어야 한다는 뜻이다. 내게 닥친 일에 화날 일, 슬픈 일, 괴로운 일, '어찌어찌 반응해야 마땅한 일'로 꼬리표를 붙일 것이 아니라, 그냥 '일'로서 바라보는 거리가 필요하다. 그 일을 바라보는 내 마음에 흔들림이 없어야 평온함 가운데 나의 반응을 선택할 수 있다. 이는 곧 자동분류기를 무너뜨리는 과정이기도 하다.

자동분류기 무너뜨리기에는 꾸준한 통제와 훈련이 필요하다. 기도든, 묵상이든, 글쓰기든 내게 맞는 방법이 있다. 삶을 진지하게 대하는 마음자세나 성숙함을 지향하는 태도, 아니면 매해 반복되는 새해 다짐도 좋다. 모두가 결국은 내 반응의 주인이 되겠다는 결심들이다. 이러한 결심이 크고 작게 인내하는 모습으로 나타나 조금씩 목표에 다가서게 한다.

쉽지 않다. 때때로 다시 원래대로 돌아오고 이전과 비슷한 어려움과 슬픔과 화를 마주하게 된다. 자동분류기를 완전히 없앤 것 같은데 여전히 불안하고, 나도 모르게 자꾸만 예전으로 회귀하려 하는 나를 발견하게 된다. 과거로부터 충분히 벗어났고, 그때와 상황이 완전히 다르며, 자극과 반응 사이에 충분한 틈을 확보했는데도 여전한 나를 만나는 건 왜일까?

어린 시절 내 모습을 애써 떠올린 건 그 답을 찾기 위해서다. 그리고 한 가지를 발견했다. 할머니에게 혼나지 않으려 조용히 공부만 하는 아이였던 나는 좋은 성적을 받아 들고 집에 와 칭찬을 들은 후에야 안심했다. 시간이 흘러 할머니에게 칭찬받는 것보다 더 중요한 일들이 생기면서 어린 시절의 자동분류기는 자연스럽게 사라졌지만, 남들보다 좋은 성적을 냈을 때 칭찬받던 그 느낌은 사라지지 않는다는 것을 몰랐다. '칭찬받은 나'는 무의식으로 남아 나의 이상형이 되어 있었다. 이것이 두고두고 내 생각과 판단에 영향을 주고 나도 모르게 그 이상형을 향한 선택을 하도록 만들었다. 자동분류기가 무너져도 그 자리에 있던 상처는 사라지지 않고 남아 있었고, 과거의 슬픔과 아픔이 새긴 그 상처들이 또 다른 이상형을 만들어 냈던 것이다. 나는 이 이상형에 '방어적 이상형'이라는 이름을 붙였다.

이 채워지지 않는 방어적 이상형이 성인이 된 이후의 내 삶에도 커다란 영향을 미쳤다. 삶의 방향이나 가치, 또는 목적이라 불리기도 하면서. 외국계 회사의 엔지니어로 일하며 영어 때문에 곤경에 처했을 당시, 나의 자존감이 순식간에 바닥으로 떨어졌던 이유도, 누군가에게 칭찬받고 박수받는 삶에서 내려오는 게 무서워 준비 없는 유학을 떠났던 이유도, 그리고 일자리를 구하며 남들 보기에 괜찮은 곳에만 입사지원을 했던 이유도 모두 방어적 이상형에 있었다.

와카쓰키 교수와의 문제 역시 내가 무슨 애국지사라서 겪었던 일이 아니다. 친일파의 모습이 내 이상형과는 달랐기 때문이었다. 그런 탓에 그들의 방식과 문화를 충분히 알면서도 머리를 깎으며 반항할 수밖에 없었다. 한겨울 찬 바람에 동사할 위기에 처했을 때 차라리 죽는 게 낫다고 여긴 것도 꿈을 이루지 못한 채 고달픈 삶을 사는 내 모습이 나의 이상형과 너무도 달랐기 때문이다.

누구에게나 과거의 어떤 경험이 만들어 놓은 이상형이 있다. 나도 모르는 사이 자신을 그 틀에 맞춰 놓고 만족스러워하거나 혹은 불만족스러워한다. 때로는 열등감이 들고, 불안감에 쫓기고, 남들보다 못하다고 억측한다. 괜찮은 일을 하고 있어도 괴로워하고, 스스로를 위협하고, 상황을 어렵게 만든다. 좋은 쪽으로 한 걸음씩 옮기는 줄 알았는데 실은 과거에 좋았던 느낌을 주는 방향으로 지금의 발걸음을 옮기고 있는 것이다. 오랜 세월 모진 경험이 많은 사람일수록 소화기로 불 끄듯 급격히 변화하기 힘든 이유가 여기에 있다.

한 번의 결심으로 모든 것이 드라마틱하게 바뀌지는 않는다. 이 깨달음은 내게 꾸준히 하는 것의 가치를 알려 주었다. 매일 새로운 것들을 채워 넣어 과거를 희석하며, 지난 흔적들을 지우고 더 나은 방향으로 한 걸음씩 나아가는 것밖에는 방법이 없다. 날마다 작은 선택들을 하며 과거의 일이 아니라 그 일을 바라보는 지금 여기의 내 마음을 점검하는 것. 내가 만드는 선택들이 낳는 울림과 반짝임을 지속적으로 체험하는 것만이 내 삶을 진짜로 변화시킨다는 것을 비로소 알았다.

꾸준히 만드는 작은 선택들로 허구적이며 방어적인 이상형들을 하나씩 무너뜨리다 보면, 어느 순간 훨씬 자유로워진 내가 선택의 키를 손에 쥐고 앞으로 나아가고 있음을 보게 된다.

좋은 쪽으로, 긍정하는 쪽으로, 사는 쪽으로,
한 걸음씩 옮기는 그 발걸음이

당신의 힘겨운 여정을 조금은 경쾌하게 만들지 모른다.
어쩌면 죽고 싶을 만큼 고된 당신의 삶에
새로운 챕터의 문을 열지도.

＊

두 눈 질끈 감고 손에 힘을 주어 차창을 닫는다. 사방이 조용해진다. 오른손을 내저어 키를 잡아 돌리니 시동이 걸리고 히터에서 바람이 나온다. 다시 잠에 빠진다.

괴롭고 힘들지만 끈을 놓지 않기로 한 이때의 선택이 십수 년이 지난 지금, 이 이야기를 쓰게 했다.

과거에서 벗어나기 위해 할 수 있는 선택은
처음부터 내게 있었다.
힘들고 벅차도 사는 쪽을 향해 만드는 작은 선택들은
언제나 위대했다.

2장

기다리며 한 걸음씩

8

내가 있어야 할 자리

�֍

햇살이 눈가를 두드렸다. 주차장 너머로 사람들이 오가는 게 보인다. 차 안 공기가 답답해 창문을 조금 열었다. 시계를 보니 이미 출근시간이 가까워져 있다. 정신을 차리고 운전대를 잡아 보는데, 머리가 깨질 듯 아파 도저히 갈 수가 없겠다. 어제 고객과 있었던 일, 차에서 잠이 들어 위험할 뻔했던 상황이 하나둘씩 떠오른다. 전화로 병가를 내고 겨우 집으로 돌아와 잠을 청했다.

이튿날까지 내리 잠을 자다가 가까스로 몸을 추스르고 회사에 나갔다. 부장님께 고객과의 일을 이야기하면서, 아무래도 이일이 나와 맞지 않는 것 같다고 했다. 죄송하다는 나에게 부상님은 2000만 원 가격을 내린 새 MRI 계약서를 내밀었다.

원하는 가격을 맞춘 계약서를 들고 찾아가니 고객의 표정이 환해진다. "그동안 진심이 아니었던 거 알지?"라는 말을 들릴 듯 말 듯 흘리며 여기저기 계약서를 꼼꼼히 살펴본다.

일본에서 국제우편물이 도착한 건 그렇게 지내던 즈음이었다. 와카쓰키 교수의 조교가 보낸 우편물에는 이런 메모가 있었다.

당신이 학교에 오지 못하는 상황이라면, 자퇴를 하기 바란다.

그리고 자퇴서 양식이 첨부되어 있었다.

가지고 있던 얼마 안 되는 돈을 모아 일본행 비행기표를 끊었다. 일본으로 돌아가 죽기 살기로 부딪쳐 보기로 결심한 것이다.

기다림

일본은 4월, 10월에 학기가 시작된다. 2005년 10월 학기 휴학에 이어 다음 해 4월에 재차 휴학을 요청했지만 받아들여지지 않고 대신 마치 '자결하라'는 명령서처럼 자퇴서 양식이 날아오는 바람에 놀라서 돌아온 길이다. 학교 사무실에 찾아가 등록금부터 내고 나니 벌써부터 남은 돈이 별로 없다. 어쨌든 발걸음을 연구실로 돌렸다.

오랜만에 연구실을 다시 찾는 마음이 가볍지 않다. 문 앞에 서서 심호흡을 한 번 하고 조심스레 문을 열었다. 선배들의 시선이 쏟아진다. 자결 명령을 어기고 돌아온 패잔병을 대하는 서늘함 같은 것이 나를 훑고 지나간다.

쭈뼛거리며 내 자리를 찾아 들어가자마자 이내 멈칫하고 서버렸다. 누군가 내 책상을 쓰고 있었다. 어찌해야 할지 몰라 한참을 어물거리다 연구실 가운데 있는 큰 책상에 일단 가방을 내려놓았다. 잠시 후 조교가 들어오더니 짐을 모두 챙겨서 따라오란다. 주섬주섬 들고 따라나서는데 복도에 멈추어 서서는 이렇게 이야기한다.

"교수님 허락 없이는 더 이상 연구실에 들어올 수 없어요."

"네?"

"교수님이 당신이 혹시 오거든 전하라 하신 말씀을 그대로 전합니다. '나는 작년 4월 말에 있었던 학회에 당신이 참석하지 않은 것을 근거로, 당신이 더 이상 학업에 열의가 없다고 판단한다. 이에 당신을 지도하지 않기로 했다.' 이상이에요. 교수님은 이미 당신에게 자퇴 권고를 했어요. 자퇴원을 학과 사무실에 제출하고 돌아가도록 하세요."

익숙해질 만도 한데, 무미건조한 톤으로 전하는 충격적인 이야기에 매번 적응이 안 된다. 작년 4월 학회에 참석하지 않았으므로 자퇴하라니. 교수 본인이 장학금을 끊는 바람에 4월부터 생활비가 없어졌고, 어쩔 수 없이 한국으로 향해야 했던 상황 아닌가.

어떤 이유가 됐든, 복학이 쉽지 않을 거라는 메시지는 확실했다. 자기 할 일을 다했다는 듯 무심하게 연구실로 돌아가는 조교를 붙잡고 교수를 만나고 싶다고 했다. 출장 중이란다. 언제 돌아오는지를 물으니 학회 이름을 툭 던지듯 알려 주고 가 버린다.

일단 도서관으로 향했다. 교수가 샀나는 학회 일정을 인터넷으로 찾아보니 다음 주 월요일이면 돌아올 것 같다. 이제 어떻게 해야 하나. 우선 상황을 바꿀 수 있는 방법을 찾는 데에만 집중했다. 고심 끝에, 교수가 좋아할 만한 새로운 연구기획안을 만들어 보기로 했다.

교수는 학자로서 자부심이 강해서, 지식을 나누어 주는 입장에 서기를 좋아했다. 그러다 보니 낙후한 곳에 영향력을 끼칠 수 있는 원격의료 상담 시스템에 늘 관심이 있었다. 기존의 도쿄-오키나와 원격의료 상담 시스템 기획안을 내가 만들었으니, 이를 업데이트해서 도쿄-서울 간 국제 원격의료 상담 시스템 기획안을 만들어 보자는 데까지 생각이 미쳤다. 자료를 하나씩 모으고 추리기 시작했다.

하루가 정신없이 지나가고 도서관 문 닫을 시간이 가까워지자, 어디서 자야 할지 정해야 했다. 서둘러 검색해 보니 도쿄에서는 저렴한 비즈니스호텔도 5,000엔 이상을 주어야 하고, 캡슐하우스도 3,500엔 정도였다. 남은 돈이 턱없이 부족하다. 더 싼 숙박업소를 알아보다가 긴시초역 부근에 있는 한 목욕탕 홈페이지를 발견했다. 1인당 400엔, 밤샐 경우 300엔 추가라고 쓰여 있었다. 하루 700엔에 잘 수 있다니. 여기로 정했다.

목욕탕은 생각보다 멀었다. 늦은 시간, 입구에 도착해 입장권을 받아 들고 남탕이라고 쓰여 있는 출입구를 열었다.

헉. 역한 쉰내가 코를 찌른다. 안으로 들어가니 칠이 벗겨진 수납장에 칸칸이 쑤셔 넣은 더러운 옷가지들이 보인다. 예사롭지 않은 곳이라는 느낌이 왔다. 하지만 이제 다른 곳을 찾을 수도 없다. 수납장이 작아 짐 넣기를 포기하고 짐을 다 든 채 안쪽으로 향했다. 탕으로 들어가는 문이 보이는데 목욕하는 사람이 아무도 없다. 잠자는 곳이라고 쓰여 있는 커튼을 열고 어두컴컴한 방 안으로 들어섰다. 등을 젖힐 수 있는 긴 의자가 빼곡히 놓여 있다. 사람들이 그곳에 다 있었다. 몇몇이 실눈을 뜨고 나를 흘끔흘끔 본다. 그곳이 노숙인들, 막노동을 하며 하루하루 사는 사람들이 주로 머무는 곳임을 나중에 알았다.

의자 옆에 짐을 내려놓고 등을 붙이니 잠시나마 피로가 풀린다. 그런데 건너편에 누워 있던 사람이 이유 없이 내 쪽으로 자리를 옮기는 게 신경이 쓰였다. 일어서면 누군가 짐을 가져갈 것 같은 생각에 화장실도 가지 못하겠다. 가방들을 최대한 내 쪽으로 끌어모아 가방끈을 팔에 걸고, 여행가방을 다리에 닿게 해놓으니 이제 잠이 좀 온다. 그 상태로 잠을 청하며 밤을 지냈다.

얼마나 지났을까. 사람들이 부산하게 움직이는 소리가 들려 눈을 떴다. 새벽 5시가 조금 넘은 시각. 자고 있던 이들이 우르르 일어나 옷을 챙겨 입고 있었다. 몇몇이 나누던 대화를 통해 무슨 상황인지 이해했다. 이들은 새벽 인력시장에 나가는 길이었다. 그제야 이곳도 다 사람 사는 곳이라는 생각이 들었다. 교수가 올 때까지 낮에는 도서관에서 연구기획안을 준비하고, 밤에는 계속해서 이곳에 머물 수 있는 약간의 용기가 생겼다.

교수가 돌아오는 날이다. 연구기획안도 완성했다. 아침 일찍 교수실을 찾아가 문을 두드렸다. 그런데 아무런 응답도 없다. 아직 출근 전인가 해서 문 앞에 서서 한참을 기다렸다. 하지만 오전 내내 기다려도 아무도 오지 않는다. 연구실에 가서 물어보고 싶었지만, 교수 허락 없이 다시는 연구실에 들어오지 말라던 조교의 말이 여전히 싸늘하게 남아 있다. 혹시나 해서 대학원 사무실을 찾아가 교수의 일정을 아는 사람이 있는지 물어봤다. 누군가 오후에 외부 특강 스케줄이 잡혀 있는 걸 보니 오늘은 학교에 오지 않을 것 같다고 한다. 특강이 있는 학교 주소와 시간을 부탁해서 받았다. 인근의 전문학교였다.

서둘러 출발했다. 늦지 않게 도착하기는 했는데, 출입증이 없으면 들어갈 수 없다며 입구에서 막는다. 할 수 없이 교문 앞에 서서 교수를 기다렸다. 잠시 후에 저 멀리서 교수가 걸어오는 게 보였다. 다가가 인사를 했다.

"안녕하십니까, 교수님. 오랜만입니다."

교수가 깜짝 놀라 나를 쳐다본다. 적잖이 당황한 모습이다. 시간이 없기에 본론을 바로 이야기했다.

"교수님, 제가 연구기획안을 만들었는데……."

"지금 수업을 해야 하니 비켜요."

"아, 네, 교수님. 그럼 여기서 기다리겠습니다."

"알았으니 비켜요."

내가 길을 막아선 것도 아닌데 자꾸 비키라면서 내 옆을 휙 지나간다. 그 자리에 그대로 서서 교수가 나오기를 기다렸다.

세 시간이 지나도록 그는 나오지 않았다. 동네 주민들이 슬쩍슬쩍 나를 곁눈질하는 것 같아 지나가는 사람인 양 교문 앞을 왔다 갔다 했다. 한참 그러고 있는데 학교 관계자인 듯한 사람이 다가온다. 나보고 뭐 하냐고 묻는다. 오늘 특강 진행한 교수님을 기다린다고 했더니, 그 특강 한참 전에 끝났고 교수는 뒷문으로 나갔다고 알려 준다.

나를 보지 않겠다는 교수의 의중이야 예상했던 바다. 교수가 보기 싫어한다고 해서 그만둘 것이었다면 여기까지 오지도 않았다. 학교로 찾아갈까 하다가 날이 너무 늦어 다음 날 아침까지 기다리기로 했다. 목욕탕에서 하루를 더 자고, 아침 일찍부터 교수실을 찾아가 문 앞에서 기다렸다.

이윽고 교수가 나타났다. 나를 보자 얼굴에 못마땅한 빛이 가득하다. 일본 사람들이 하듯이 허리를 90도로 숙이며 연구기획안을 만들었으니 이것만 한번 봐 달라고 부탁했다. 복도에 나를 세워 두고 왔다 갔다 하면서 무언가를 중얼거린다. 다 알아듣기가 힘들었지만, 마지막 말은 확실히 들었다.

"그래서 뭘 할 건데?"

"국제 원격의료 시스템을 만들겠습니다."

최대한 짧고 간결하게 정리해서 설명하기 시작했다. 어떤 기능을 추가할 것인지, 이를 통해 무엇을 기대할 수 있는지, 미리 준비한 기획안을 넘기며 빠짐없이 설명했다. 그가 교수실로 들어가면서 말한다.

"조교한테 두고 가."

검토해 보겠다는 의미 같다. 일단은 됐다. 그 길로 조교에게 가서 내가 만든 기획안과 보충 자료들을 제출했다. 놀랍게도 그날 오후 바로 조교에게서 답신이 왔다.

"한국으로 돌아가 도쿄-서울 원격의료 시스템을 만들어 테스트할 것. 원격의료 시스템이 완성되면 연구실이 원할 때 언제든 접속 가능하도록 대기할 것."

일단 복학이 가능하다는 뜻일 테다. 자퇴를 하지 않아도 된다는 사실에 가슴을 쓸어내렸다. 더 이상 체재할 비용도 없었기에 바로 공항으로 향했다. 가슴에 응어리진 것들은 다 끝나고 나면 풀기로 마음먹은 채 남은 돈으로 한국행 비행기표를 끊었다.

몇 주 후, 도쿄-서울 간 원격의료 시스템을 테스트하는 날. 화상 채팅창 너머로 선배들과 교수가 보였다. 전에 오키나와에서 했던 것 그대로 재연하고, 새로 업데이트한 공유 기능을 동원해 세미나를 진행했다. 수고했다며 다들 좋은 평가를 들려준다. 잠시나마 뿌듯했다. 늘 하던 대로 소스파일을 정리해 연구실 서버에 올려 두었다.

그런데, 그게 다였다. 이후 교수든 조교든 아무도 연락이 없다. 연구실이 원할 때 언제든 접속 가능하게끔 대기하라고 해 놓고서는 시스템을 시연하라는 이야기도, 세미나를 하라는 요청도 없다. 그저 기다리는 수밖에 없었다. 아무것도 안 하며 기다릴 수는 없기에 연구실 주간 스케줄에 맞추어 내가 할 수 있는 것들을 하나씩 해 나갔다. 한 주간의 연구 결과를 정리해 보내고 저널 스터디 일정에 맞춰 논문을 공유했다. 치매 노인 가상현실 시스템도 뜯어고치기 시작해서 훨씬 더 세부적인 움직임이 인식되도록 업그레이드했다. 이를 보고해도 여전히 교수로부터 답장은 없다.

다음 학기 등록금을 준비해야 하는 상황이었다. 일본에 다녀오기 위해 의료기기 판매 일은 그만두었기 때문에 다시 일을 구하기 시작했다. 구인 사이트의 광고 하나하나를 세심히 읽다가 이거다 싶은 광고를 봤다. 여의도에 소재한 대형 컨설팅 업체에서 일본을 오가며 벤치마킹 투어 가이드 및 통역을 맡아 줄 사람을 뽑는다는 내용이다. 아, 이거라면 일본을 정기적으로 드나들며 필요하다면 교수를 찾아가 만날 수도 있겠다 싶었다. 지원서를 냈다. 다음 날 연락이 왔다. 마치 나를 기다리고 있었다는 듯 일주일 만에 채용이 결정됐다. 곧바로 일을 시작할 수 있었다.

그곳에서 내가 맡은 일은 일본의 공장이나 회사를 견학하려는 각계각층 사람들과 일주일간 동행하는 것이다. 훗날 놀라운 소식과 함께 학교로 복귀할 때까지, 나는 꽤 오랜 시간 이 일을 계속하며 생활비를 마련하고 답신 없는 교수에게 쉬지 않고 리포트를 보내며 학업을 이어 갔다.

기다리며 세상으로 한 걸음씩 나아가던 시간.
지금 돌아보니 연구실에 내 책상은 없었지만,
내가 정말로 있어야 할 자리가 나에게로 찾아오고 있었다.

9

해 보지 않으면 해낼 수 없다

*

뜻하지 않게 시작한 일본 벤치마킹 투어 가이드 일은 평생 기억될 여러 만남으로 이어졌다. 스타트업 기업인, 최고 경영자, 노동자, 취업 준비생, 정치인, 공무원. 정신적인 문제를 안고 있는 사람들, 유쾌한 사람들, 슬픔 속에 사는 사람들, 화를 못 참는 사람들, 진상을 부리는 사람들. 사람들은 특별한 여행지에서 만난, 일상으로 돌아가면 다시 만날 일 없는 사람에게 자기의 속마음을 조금은 쉽게 털어놓았다.

정말 많은 사람들을 만나 함께 먹고, 자고, 어울리고, 이야기를 나눴다. 숫자로 따지면 도합 1,000명이 넘는 인원이었다. 이 일을 하지 않았다면 내가 어떻게 이런 사람들을 만날 수 있었을까 싶은 낯선 사람들이었다. 그들과 어울리던 시간은 단순히 공부와 병행하는 아르바이트의 날들이 아니었다. 수많은 이들의 삶을 엿보고 그들의 비전과 고민을 듣는 기회였다. 평범한 이들의 다채로운 모습에서 사실은 나를 돌아볼 수 있었고, 나의 문제를 깨달을 수 있었다.

스스로 그은 경계들

새로운 일은 간단히 말하면 사람들을 모아 일주일간 일본 여행을 다녀오는 일이다. 하지만 일반 여행과는 많이 다르다. 여러 산업시설을 방문하며 그곳의 노하우를 배우는 것이 주목적인 벤치마킹 여행이다. '일본 우수업체 탐방 해외연수'라는 이름이 붙은 이 특별한 여행 패키지가 연간 수백억 원대의 시장을 형성하고 있다는 걸 그때 처음 알았다. 고객은 국내 굴지의 대기업부터 중소기업, 공공기관까지 매우 다양한데, 우수 사원이나 장기근속 사원에게 표창장과 함께 일본 산업연수 패키지를 부상으로 주는 기업이나 단체가 당시만 해도 꽤 많았다.

여의도에 위치한 컨설팅 회사의 벤치마킹 연수팀에 소속된 나는 연수 프로그램을 홍보하고 참가자들의 항공편 티켓팅, 현지 숙박 예약, 산업현장 방문 및 실습을 도맡아 준비하고 진행했다. 생각보다 손이 많이 가는 일이었는데, 그중 실수가 용납 안 되는 가장 중요한 임무가 바로 인원 파악이다.

인천공항에서 출발 인원을 파악하고 있었다. 정원 20여 명 중 한 회사에서 오기로 한 세 명이 나타나질 않는다. 일찌감치 도착해서 기다리던 사람들이 불만스러운 목소리를 내기 시작할 무렵, 마침 세 사람이 저기서부터 걸어오는데, 그중 한 분의 표정이 좋지 않다. 혹시 어디가 아프신 건가 해서 일행에게 무슨 일인지를 물어봤다. 생각지도 못했던 답이 돌아왔다. 비행기 안에서 담배를 못 피우는 게 싫어서 연수를 포기하겠다는 걸 억지로 데리고 왔단다.

그 한 분이 30년 장기근속 표창으로 연수를 떠나는 최 계장님이셨다. 자동차 부품을 만드는 회사에서 평생 현장 업무를 하신 분이다. 처음 떠나는 해외연수인데, 한 시간 20분 동안 담배 못 피우는 것 때문에 포기하려 했단다. 동료 직원들이 가까스로 설득해서 오기는 왔는데, 우리를 보더니 또 한 번 몸을 사린다.

"난 담배 때문에 외국을 나가 본 적이 없어. 아무래도 난 못 갈 것 같아."

같은 문제로 그동안 해외여행 기회를 일절 포기하고 살아왔다고 한다. 일정 때문에 더 이상 지체할 수 없어서 내가 마지막으로 물었다.

"해외 나가는 게 처음이시라면서요. 해 보지 않고 어떻게 알아요. 비행기에서 잠깐 눈만 붙이셔도 금방 도착할 거예요."

짧은 설득이 통했는지, 아니면 먼저 와서 기다리던 다른 회사 사람들의 싸늘한 시선이 부담됐는지, 그는 잠시 머뭇거리다 우리를 따라나섰다.

결국 무사히 비행기를 타서 다행이기는 했지만 비행 시간 내

내 이분에게 신경을 쓰지 않을 수가 없었다. 틈틈이 괜찮으시냐고 여쭤보는데 생각보다 비행기 안에서는 잘 참으시는 듯했다.

나고야 공항에 도착하자마자 흡연실부터 안내해 드렸다. 의외로 다른 일행들이 자기 때문에 지체하는 게 싫다며, 쑥스러운 듯이 자기는 신경 쓰지 말란다. 그렇게 일정은 시작됐고, 최 계장님은 크게 눈에 띄지 않게 모든 일정을 잘 소화했다.

모르는 사람들이 모여 어색하게 시작하는 여행이지만 일주일간 똑같이 먹고 자고 체험하고 실습하다 보면 다들 꽤 친해진다. 료칸을 잡아 함께 여행의 마지막 밤을 즐기며 근사하게 식사하던 시간, 이런저런 이야기를 하다가 최 계장님의 담배 이야기가 나왔다. 어떤 분이 물었다.

"아니 계장님. 가만 보니 담배 잘 참으시던데 처음에 오실 때 왜 그러셨어요?"

그러자 계장님이 환하게 웃으며 답했다.

"그러게 말이야. 해 보니까 별거 아니더라고. 그동안 이게 뭐라고 해외여행 한 번 못 가고 살았나 몰라."

한바탕 요란스러운 이야기와 웃음이 이어졌다.

일주일 동안 눈 꼭 감고 자기가 육십 평생 그어 온 경계를 넘어선 최 계장님은, 앞으로 전 세계 어디로든 갈 수 있다는 마음의 프리패스를 얻어서 집으로 돌아갔다.

해 보면 별거 아닌데, 해 보지 않아 평생을 하지 못하는 어떤 것. 난 여기까지야, 라고 스스로 경계를 긋는 것. 이런 경계를 만드는 이유는 분명했다. 경계를 그어 버리고 그 안에만 머물기로 하면 혹시 올지도 모르는 실패에 대한 두려움을 덜어 낼 수 있으니까.

무엇이든 해 봐야 해낼 수 있다.
경계 안에서 두려움을 회피한 대가는,
선 밖으로 한 번도 나가지 못하는 초라한 자신이다.

취업 후 3개월이 지났을 때다. 교수에게서는 여전히 답이 없었다. 이쯤 되니 등록금만 내고 마냥 기다리고 있는 내가 바보 같다는 생각이 든다. 다시 가서 이번엔 한바탕 싸우기라도 해야 하나, 아니면 그만두고 벤치마킹 투어 일을 계속하면서 그냥 살까? 심각한 갈등이 찾아왔다.

또 한 번 일본에서 국제우편물이 왔다. 이번에는 내가 아는 회사 이름이 쓰여 있다. 일본에서 연구할 때 연구비를 지원하고 싶다고 나에게 이메일을 보냈던 회사다. 연구비 지원은 내가 상관할 문제가 아닌 듯해 받은 그대로 조교와 교수에게 포워딩했던 기억이 있다. 그러고는 잊고 지냈는데, 한참이 지나서 이렇게 업체 대표가 직접, 그것도 일본도 아닌 한국의 우리 집으로 무언가를 보내다니. 우편물을 뜯어 보았다.

계약서처럼 생긴 서류에 편지 한 통이 있었다. 이후 연구실 측과 연구비 지원에 관한 이야기를 계속했고, 연구실에 상당액의 연구비를 지원하기로 했단다. 연구비 지원을 하는 이유는 연구 결과물의 소유권을 자기네 회사와 공유하기를 원하기 때문인데, 자기네들이 원하는 연구 주제가 바로 원격의료 시스템과 치매 노인 관리 시스템이라고 했다. 두 가지 다 실질적으로 개발하고 유지 보수하고 있는 내가 지속적으로 연구해 줄 것과, 결과물의 소유권 이전에 동의해 줄 것을 원한다며 동봉한 동의서에 사인을 해 달라는 내용이다.

대학원생 신분인 내가 아무리 좋은 무언가를 만들었다 해도 연구물의 소유권은 어차피 연구실에 있다. 따라서 교수의 사인만 받아도 법적인 문제는 없었을 텐데, 나에게까지 이렇게 동의서를 보낸 것을 보니 지금 내 처지를 어느 정도 파악하고 있는 듯하다. 예산이 집행되는 사안인 만큼 어떻게 해서든 일이 되게 하려는 일본기업의 치밀함도 엿보인다. 한편으로는 시스템의 주 개발자인 나의 공로를 인정받은 것 같아 기뻤다.

내가 이 공부를 계속 해 나갈 수 있을까? 자신이 없을 때였다. 이렇게 어이없는 상황 속에서 힘들게 공부하게 될 줄 몰랐다. 아내에게도 미안하고, 가족들 볼 면목이 없었다. 정말 내가 이 공부를 끝까지 마칠 수 있을까?

이맘때 딱 맞추어 편지가 도착하지 않았다면, 그리고 최 계장님 일이 아니었다면, 동의서에 사인하지 않고 그쯤에서 공부를 멈추었을지도 모른다. 나는 내 머릿속을 맴돌던 한 가지만을 생각했다. '해 보지 않으면 해낼 수 없다.'

내 이름을 쓰고 도장을 찍어 보냈다. 이왕 한 김에, 그때까지 모아 온 새 학기 등록금도 친구를 통해 학교에 보냈다. 다시 또 한 학기를 연장했다. 해 보지 않으면 해낼 수 없다.

얼마 후 관련자들이 모두 도장을 찍은 동의서 소장본이 도착했다. "조태호의 연구에 소요되는 소프트웨어, 하드웨어를 지원하고 논문 발표 및 학회 참석에 소요되는 모든 제작비와 교통비를 지원한다"라는 내용으로 시작되는 동의서 원본을 아직도 가지고 있다. 끝까지 해 보자는 마음 하나로 주고받았던 이날의 동의서는 훗날 중요한 역할을 하게 된다.

▼ 공부를 계속 해 나갈 계기가 되어 준 동의서

유일한 경쟁 상대

✽

세상에는 나 혼자만 살면 겪지 않을 문제들이 참 많다. 사실 우리가 겪는 대부분의 문제들은 타인과 얽히면서 시작된다. 프랑스 철학자 사르트르는 그래서 "타인은 곧 지옥"이라고 했다.

타인의 지옥

일본기업 도요타는 독특한 작업방식TPS, Toyota Production System으로 생산성을 크게 향상했는데, 때문에 벤치마킹 연수의 인기 방문지 제1순위는 늘 나고야에 있는 도요타 본사였다. 인천공항에서 나고야행 비행기가 오전 9시 30분에 출발했으므로 연수팀의 공항 집합 시간은 아침 7시 30분이었다.

이른 시간에 공항에 도착하기가 쉬운 일이 아니어서 나는 참가자들이 늦지 않게끔 모두에게 사전에 공지를 단단히 해 놓는다. 그렇다 해도 중견업체에서 오신 고 과장님처럼 새벽 6시에 도착해서 기다릴 필요까지는 없다. 내가 함께했던 1,000여 명의 사람들 중에서 두 번째로 기억에 남는 고 과장님 이야기를 할 차례다.

이분은 연수가 진행되는 내내 눈에 띄었는데 버스를 탈 때도, 내릴 때도, 식사 시간에도, 다음 행선지로 이동할 때도 무조건 제일 먼저 움직였다. 가이드 입장에서 고맙기는 했지만, 두 시간이 배정된 산업박물관 자유관람 일정을 숨을 헉헉거리며 20여 분 만에 마치고 모임 장소로 돌아왔을 때는 걱정이 되기도 했다. 결국, 현장 실습에서 작은 문제가 생겼다.

우리가 짠 프로그램에는 실습 시간이 있다. 도요타 공장을 재현해 놓은 곳에서 도요타 작업방식을 활용해 부품들을 조립해 보는 시간이다. 재미를 더하기 위해 보통 두 팀으로 나눠 경합하듯이 프로그램을 진행한다. 그런데 여기서 고 과장님이 속한 팀이 진 것이다. 고 과장님에게 원인이 있었다는 게 문제의 시작이었다. 볼트를 끼워서 다음 사람에게 넘기는 단순한 파트를 맡았는데, 생각보다 속도를 내지 못했다.

처음 해 보는 작업이었으니 당연히 못할 수도 있는 일이었다. 이기든 지든 다들 웃으며 마무리를 하기 마련인데, 팀이 자기 때문에 진 셈이 되자 고 과장님 표정이 심상치 않아졌다. 그가 자리를 박차고 나가 버린다. 분위기가 얼음처럼 싸해졌다. 나는 걱정이 되어 얼른 그를 따라 나갔다.

역시나 표정에 화가 단단히 어려 있다. 다짜고짜 항의를 한다. 왜 이런 쓸데없는 순서를 집어넣어서 연수 시간을 잡아먹냐고. 두 시간 전만 해도 제일 먼저 실습장에 들어가 의욕을 단단히 보이던 분이 이렇게 말씀하시니 난처했다. 프로그램 문제는 아닌 것 같았다. 게다가 이 실습 프로그램은 그동안 연수 평가에서 가장 좋은 점수를 받아 왔다. 일단 그의 기분을 풀어 주어야 했다.

이후 일정부터는 자연스럽게 고 과장님을 주시할 수밖에 없었다. 그에게는 또 다른 특이점이 있었는데, 끊임없이 주위를 두리번거린다는 점이었다. 나와 대화를 하면서도 계속해서 이 사람 저 사람을 곁눈질한다. 마치 모든 사람들의 동태를 파악하려는 듯이. 늘 긴장을 하는지 누가 뒤에서 부르기라도 하면 소스라치게 놀라서는 눈을 동그랗게 뜨고 부른 사람을 쳐다봐서 상대방이 무안해하기도 했다.

그는 일정표를 손에서 놓지 못하고 다음 일정에 대해 하나라도 모르는 게 있으면 내게 와서 다그치듯 물었다. 누구도 그에게 빨리 행동하라고 하지 않았고, 잘하라고 하는 사람도 없었다. 거기 모인 사람들은 각자 다른 회사에서 온, 서로 모르는 사람들이었다. 느긋하게 배우고 즐기는 분위기였기 때문에 스트레스를 받을 하등의 이유가 없었다. 아마도 그동안 살아온 습관이 그를 이렇게 몰아가는 것 같았다. 어떤 일들이 있었길래 이러실까 오히려 궁금해졌다.

연수의 마지막 날이었다. 고 과장님이 동년배들과 함께 이야기를 나누는 자리에 내가 끼었다. 이런저런 이야기를 나누는 가운데 어떤 분이 고 과장님에게 넌지시 묻는다.

"원래 그렇게 걸음이 빨라요?"

그러자, "내가 빠른 게 아니라 다른 사람들이 느린 거지"라며 받는다.

술잔이 몇 차례 오갔다. 뜻밖에 고 과장님이 속마음을 꺼내놓는다.

"난 뭐든 다른 사람이 나보다 먼저 하는 걸 못 참아요. 나도 알아요. 내가 좀 유별난 거. 뭐 내가 잘하는 게 없어서 그런가 보지요."

생각보다 털털하게 이야기해서 놀랐다. 본인은 항상 다른 사람들보다 앞서 있지 않으면 힘들고 답답하단다. 입사해서 보니 자신의 능력이 남들보다 못하다는 생각이 들었고, 그래서 어떻게 해서든 타인보다 잘해야 한다는 강박관념을 품고 지내 왔다는 이야기다. 삶의 목표를 '타인보다 나은 나'에 두다 보니, 늘 남들보다 한발 앞서기 위해 긴장하며 사는 습관이 굳어진 듯했다.

그나마 얼마간의 인간미가 흐르던 이날의 술자리에서마저, 고 과장님은 먼저 자리를 털고 일어나 숙소로 향했다. 쓸쓸히 홀로 일어서는 얼굴에 피곤함과 그늘이 가득했다. 모두가 함께 나누는 자리에서도 스스로 열외를 선택해 내일을 준비한다며 일어서던 분. 아마 내일도 그다음 날도 그렇게 남들을 앞지르기 위해 숨을 헉헉거리며 살아가실 것 같았다. 그를 위로할 방법이 끝내 생각나지 않았다.

사르트르에 따르면, 지옥은 타인이 나를 판단하는 잣대를 그대로 들고 와 스스로를 평가하면서 시작된다. 타인을 인식하며 살기로 말하자면 나 역시 만만치 않았다. 고 과장님을 보니, 그전에는 흘려들었을, 어느 명사의 말이 가슴깊이 와닿았다. "내가 정말 앞서야 할 것은 타인이 아닙니다. 내 유일한 경쟁 상대는 어제의 나뿐이에요."

2006년 10월, 새 학기가 됐다. 역시 나는 혼자다. 대학원생인데 지도를 못 받고 있다. 일주일에 한 번씩 정성을 다해 보내는 리포트에 아무런 답이 없다. 매주 꼬박꼬박 제출하던 리포트 횟수가 점점 줄어든다. 벤치마킹 연수팀 인솔하는 주는 쉬고, 그다음 주는 연수 준비하느라 바빠서 또 쉰다.

혼자 공부하는 것에는 단지 지루하다는 것 이상의 어려움이 있었다. 내가 잘 이해했는지를 확인할 수가 없다. 잘하고 있다는 자신감을 점점 잃어 가다 결국은 한계점에 다다랐다. 모든 것이 무의미해 보였다. 지금 내가 뭘 하는 거지? 공부의 의지가 사라지니, 책도 프로그래밍도 아무것도 손에 잡히지 않았다.

나라고 고 과장과 다를 게 뭔가 하는 생각이 들었다. 조금 세련되게, 잘 안 보이게 감추고 있을 뿐 실은 잘했다는 평가를 바라고 남들보다 낫다는 이야기를 듣고 싶은 마음은 똑같지 않은가. 남의 눈을 의식하지 않고, 그냥 할 수 있는 최선을 다하면서, 비교하지 않고 스스로 기쁨을 느끼며 살 수는 없는 건가?

잘은 몰라도 '어제보다 나은 나'가 되는 것에 대해 생각하던 이때의 마음이 나를 다시금 책상에 앉혀 놓은 것 같다. 지난번에 제출한 리포트를 읽다 보니 여기저기 부족한 점들이 보였다. 어제의 리포트를 뛰어넘을 것을 새로운 목표로 정했다. 덕분에 나름의 계획을 세우고 하나씩 실천해 갈 수 있었다.

**

학교에서 이메일이 왔다. 그런데 좀 이상하다. 와카쓰키 교수가 보낸 게 아니다. 이메일은 자신을 하라 교수라고 소개하며 시작했다.

하라 교수라면 나도 잘 알고 있었다. 교수들 중에서도 선임에 해당하는 그는 도쿄의과치과대학 의학부를 졸업하고 의사로 지내다가 생화학을 더 연구하기 위해 학교로 돌아온 사람이다. 학교 홈페이지에는 30년 가까이 연구에 전념해 온 생화학자라고 되어 있다. 해당 분야의 대가가 지금 내게 자기소개를 하고 있다. 그는 메일로 이렇게 물었다.

"조태호 상에게 묻고 싶은 게 있습니다. 당신은 왜 지금 일본에 없고 한국에 있지요? 지금의 상황에 관해서 나에게 설명해 주겠어요?"

이게 뭐지? 뭔지도 모르는데 가슴부터 철렁 내려앉았다. 도대체 왜 나에게 이걸 묻는 거지? 내가 그만두지 않으니까 더 높은 교수가 나서서 나를 자르려는 건가? 그럼 지금 잘 지내고 있고 연구도 잘하고 있다고 답변해야 하나? 아니면 혹시 이것이 나를 구제해 줄 한 가닥 빛일까? 그럼 와카쓰키 교수의 극우사관에서 비롯된 이 모든 일들을 고자질하듯이 다 말해야 하나? 하라 교수도 똑같은 사람이면 어쩌지?

물어볼 곳은 없다. 결국 혼자 선택해야 한다.

모든 것을 지나온 지금 다시 생각해 본다.

그때 나는 어느 쪽을 선택하는 것이 더 좋았을까?

11

어제보다 나은 나

✻

어제보다 더 많은 일을 한 나,

어제보다 더 많은 지식을 얻은 나,

어제보다 더 착해지기로 한 나는

어제의 나보다 나은 나인가?

자연스럽게 빛나는

벤처기업의 마케터인 김 대리님은 커다란 배낭을 메고 여행용 커리어 두 개를 양손에 끌며 공항에 나타났다. 연수를 반복하면서 내게 필요한 짐은 가방 하나로 충분함을 깨달았던 터라 속으로 저분 앞으로 짐 때문에 꽤나 고생하시겠다고 생각하며 인원 파악을 마쳤다.

김 대리님이 다시 시선을 끈 건 이튿날 도요타 실습에서였다. 기름때와 땀이 베인 세계 최고의 생산 현장으로 가는 길에 그가 베이지색 정장을 입고 나타났다. 실습하기 편한 복장으로 오시라고 분명히 공지를 했기에, 혹시 실습을 하지 않겠다는 뜻인가 싶어 염려됐다. 다행히 그건 아니었지만 이후에도 김 대리님은 내 기준에서는 다소 특이한 패션으로 주의를 끌었다.

그는 하루에도 많게는 두어 번 옷을 갈아입었다. 그럼에도 연수 기간 중 같은 옷을 입은 적이 거의 없었다. 그가 가지고 온 세 개의 가방에 무엇이 들어 있는지 알 것 같았다.

옷 자체는 좋아 보였다. 문제는 우리 여행이 관광이 아니라 벤치마킹 연수라는 것이다. 어떤 날은 공장을 방문하고, 어떤 날은 실습을 하고, 어떤 날은 회의실을 잡고 일본 측 초청 강사와 간담회를 했다. 그의 패션은 어떤 상황과도 어울리지 않았다.

결국 식당에서 고기를 굽던 어느 저녁시간에 일이 생겼다. 김 대리님 바지에 음식물이 튄 것이다. 물수건으로 처리하다 화장실로 가더니 한참을 머물다 나오는데, 지우려는 노력이 바지 한쪽을 더 크게 적셔 놓았다. 김 대리님 표정이 어두웠다. 주눅이 든 것 같기도 하고, 슬퍼 보이기도 했다. 나름 붙임성 있고 싹싹하던 모습은 온데간데없고, 이후에는 주로 침묵을 지켰다. 무거워진 분위기는 그가 숙소로 돌아가 옷을 갈아입고 나온 이후에야 사라졌다.

처음에는 옷에 관심이 굉장히 많은 사람인가 보다 싶었는데, 어쩌면 그의 옷은 그냥 옷이 아닐 수도 있겠다는 생각이 들었다. 그에게 옷은 자신감, 자존감과 어떤 식으로든 연결되어 있는 것 같았다. 더 나은 내가 되고 싶다는 개선의 에너지는 누구에게나 있다. 그런데 이분은 이러한 노력을 옷에 온통 쏟아부어 버리고 있는 듯했다.

"훌륭한 패션은 그 옷이 얼마나 멋있는가로 결정되지 않습니다. 옷으로 인해 그 사람의 가치가 올라갔는가로 평가되는 것입니다." 패션 브랜드 샤넬을 만든 세계적인 디자이너 가브리엘 샤넬이 한 말이라고 한다. 맞는 말이다. 안타깝게도 김 대리님의 화려한 옷이 벤치마킹 현장에서의 그의 가치를 올려 주는 것 같지는 않았으니.

모든 일정을 마치고 공항에서 헤어지던 날까지도 김 대리님은 튀는 옷을 입고 있었다. 지난 일주일간 하루 두세 번 옷을 갈아입으며 독특한 노력을 기울이던 그는 과연 옷을 통해 자신의 가치를 높일 수 있었을까? 내가 보기에 그는 화려하게 옷을 차려입은 모습이 아니라, 사람들과 밥 먹으며 자연스럽게 대화를 나누고 마음을 여는 모습이 빛났다.

세 개의 가방을 힘겹게 메고 끌며 집으로 돌아가는 그의 뒷모습은 어제보다 더 나은 사람이 된다는 것이 무엇인지에 대한 생각거리를 안겨 주었다. 가만히 있어도 우리를 빛나게 해 주는 것은 화려한 겉모습이 아니라 진실해도, 내 마음의 흐름에 솔직해도, 상황과 사람에 부담이 되지 않는 자연스러움이었다.

*

하라 교수에게 답장을 썼다. 잘하고 있는 것처럼 보이고 싶은 마음이 컸지만, 이를 다 뺐다. 얼마나 힘든지를 하소연하고 싶은 마음도 있었지만, 그것도 모조리 뺐다. 그저 일어난 일들과 상황을 진실 그대로만 써서 전달하기로 마음먹었다.

내가 진행했던 프로젝트를 다룬 신문 기사와 학회 자료 들을 첨부해 지금 내가 하는 연구를 소개했다. 지도교수인 와카쓰키 교수에게서 받은 책 《친일파를 위한 변명》이 어떤 내용을 담고 있는지 설명하고, 나는 공부하러 왔지 역사관을 들으러 온 것이 아니라고 써서 와카쓰키 교수에게 보냈던 이메일을 포워딩했다. 그리고 연구비를 지원한 회사로부터 받은 동의서로 내 연구 성과에 대한 객관적인 평가를 대신했다.

무언가를 꾸미거나 빼지 않고 있는 그대로 보여 주는 데 집중했더니 마음이 편안했다. 내 상황은 어렵고 공부도 뜻대로 되지 않으며 생활은 여전히 힘들었지만, 있었던 일을 그대로 전하는 것만으로도 마음이 가벼워졌다. 하라 교수에게 메일을 보내고 나니 왠지 내 할 일을 다한 것 같았다. 두려움 반, 기대 반의 마음으로 그의 답장을 기다렸다.

12

그날은 반드시 온다

＊

며칠 후 이메일이 왔다. 그런데 하라 교수가 아니다. 오래도록 답장이 없던 와카쓰키 교수 측에서 보낸 이메일이었다. 그 이메일에는 다시 연구실로 돌아오라는 내용도, 그동안 진행하던 연구에 대한 내용도, 답장이 없어서 미안하다는 내용도 없었다.

《친일파를 위한 변명》이라는 책을 우편을 이용해 조교에게 속히 반납할 것.

그 내용이 다였다. 잠시 고민에 빠졌다. 다짜고짜 책을 보내라니.

무슨 일인지 알아낼 방법은 없다. 지도교수가 달라면 주는 것 말고는 할 수 있는 게 없는 상황임을 깨닫고 더 이상 시간 낭비하지 않기로 했다. 책장을 뒤져 그 지긋지긋한 《친일파를 위한 변명》을 꺼냈다. 그 길로 우체국으로 가 국제우편으로 책을 보냈다.

집으로 돌아오는 길이 시원하면서도 허탈했다. 교수로부터 그 책을 받은 이후 너무 많은 것을 잃었다. 한 가지 분명해지는 느낌은 있었다. 확실히 연구실에, 무슨 일인가 생겼다.

득인가 실인가

조잘거리는 목소리가 들린다. 오늘 연수는 대학생 20여 명과 지도교수가 함께한다. 해외에 처음 나가는 학생들도 많은 터라, 다들 들떠 무언가를 끊임없이 종알거리는 모습이 보기 좋았다.

교수만 분위기가 조금 다르다. 교수는 자기 짐을 이것저것 챙기며 학생들과 동떨어진 곳에 서 있었는데, 내 인사를 딱딱하고 무뚝뚝하게 받았다. 나는 일단 학생들에게 다가가 티켓팅을 위해 여권을 모았다. 그리고 늘 하듯이 주의사항을 간략히 알려주면서 오리엔테이션을 잠깐 진행했다. 중간에 갑자기 교수가 나를 부른다.

"어이."

아까 그 자리에서 손을 까딱거리며 자기에게 오라고 손짓을 한다. 이야기를 멈추고 교수 쪽으로 갔다.

"네, 무슨 일이시죠?"

"내가 할 테니, 가서 티켓이나 받아 와요."

"네? 네에……."

잠시 당황스러웠지만 이 교수가 매년 학생들을 데리고 똑같은 연수를 다녀왔다는 사실을 떠올렸다. 리더십을 본인이 가지겠다는 의미로 받아들였다. 나야 차라리 편하지 뭐, 하며 그 길로 카운터에서 티켓팅을 했다. 돌아와 보니 교수가 학생들 앞에서 무언가를 설명하고 있었다. 뒤에 서서 이야기가 끝나기를 기다렸다.

교수는 매년 우리가 아닌, 경쟁 컨설팅 업체에 의뢰해서 이 연수를 다녀왔다고 한다. 그런데 작년 연수에서 무슨 일이 생겼는지, 올해 처음으로 우리에게 연락을 했다. 맨 뒷줄에 있던 나는 이것저것 이야기를 이어 가던 교수에게 이제 들어갈 시간이 됐다고, 시계를 가리키며 몸짓으로 알렸다. 이때만 해도 나는 교수와 내가 같은 팀으로서 서로 협력하는 관계라고 생각했던 것 같다. 완전한 착각이었음을 5분도 지나지 않아서 깨달았다. 학생들이 이동하자 교수가 내게 다가와 말했다.

"내가 알아서 한다고 하지 않았나요?"

"예? 아, 저는 그냥 시간이 다 됐다는 걸 알려 드리려고……."

"나는 사실 업체 사람이 왜 가는지 모르겠어요. 우리가 당신 호텔비, 비행기값 내주면서 같이 갈 이유가 없잖아. 어차피 내가 다 하는데. 그냥 식사나 좀 제대로 준비하고 교통편이나 잘 준비해요."

이런 반응은 처음이라 어안이 벙벙했다. 그러면 개인적으로 준비할 것이지 컨설팅 회사에는 왜 연락을 했나 싶기도 했다. 물론 식사와 교통편 준비가 우리 일에 포함돼 있기는 하다. 그러나 이는 일의 일부분이었다. 방문 지역이나 기업에 대해 미리 조사하고, 이동 중 시간이 비지 않게 자료와 정보를 전달하고, 서로 격의 없이 지내도록 분위기를 풀어 주기도 하고, 연수에 대한 호기심을 유지할 수 있도록 참여도를 높이고 관심을 모으는 일들이 나의 일이었다. 언제쯤 긴장도를 바짝 당겨 연수 본연의 성과를 끌어올릴지, 언제쯤 긴장도를 낮춰 여유롭고 즐거운 시간이 되도록 할지 노하우를 한창 쌓고 있던 나는, 학생들에게 기억에 오래 남는 연수를 경험하게 해 주려는 마음을 가득 안고 온 터였다. 하지만 하지 말라니. 어쩔 수 없다. 다른 연수와 달리, 이번 연수는 서로 알고 지내는 사제지간들이다. 연수가 끝나고 돌아가도 계속 유지되는 관계인 만큼 지금 이 상황을 이해하기로 했다.

조용히 식사와 교통편, 그리고 다음 방문지와의 사전 연락에만 집중했다. 그게 또 그리 쉽지 않다는 건 일본에 도착하고 나서 알았다. 호텔, 식사, 교통 어느 하나에도 이 교수는 만족을 하지 못했다. 연신 불만을 늘어놓았고 불편을 호소했다. 내가 할 수 있는 말은, 여기는 다른 팀들도 묵었던 곳이고 이 식당은 다른 팀의 만족도가 높았던 곳이라는 대답 정도였다. 교수는 내 말에 불같이 화를 냈다. 다른 사람들이 좋아하든 말든 자기에게 미리 이야기를 했어야 하지 않냐는 반응이었다. 하지만 식당에 대해서 연수팀에게 미리 물어본 적은 지금까지 단 한 번도 없었다. 이동이 많은 연수 프로그램의 특성상 동선을 고려해서 식당을 정해야 했고, 연수팀이 내켜하지 않더라도 그 식당 말고는 대안이 없을 때가 많았다. 나는 무언가를 끊임없이 사과하며 힘겨운 여정을 계속했다.

셋째 날 저녁 때였다. 중국식 뷔페에서 식사를 할 예정인데 교수가 입구에 서더니 냄새가 느끼하고 역해서 들어가지 않겠단다. 학생들이 어찌할 바를 몰라 쭉 서서 기다리는데 왜 이런 데를 데리고 오냐며 나를 심하게 나무란다. 그동안 다른 연수팀들의 평이 좋았던 식당이다. 게다가 뷔페이니만큼 입맛에 맞게 골라서 먹으면 된다. 이런 설명을 하고 있는데 교수가 언성을 높이며 한국 사람이 오는 연수에 왜 이런 싸구려 중국인 식당을 정했냐고 따진다. 그러더니 중간에 얼마나 받고 이러냐는 말을 했다. 기가 막혔다. 나는 현지 식당과 짜고 커미션을 받는 사람으로 취급당하고 있는 중이었다. 물론 얼토당토않은 말이다. 참을 만큼 참았다는 생각이 들어, 지금 여기가 아니면 어디서 저녁을 먹을 것이며, 학생들은 어떡하냐고 되물었다. 지지 않고 맞서는 태도에 멈칫하던 교수가 주머니에서 휴대폰을 꺼낸다. 우리 회사 부서장님에게 국제전화를 건다.

그는 내 앞에서 내 상사와 통화를 하며 이 연수가 아주 형편없다고 온갖 불평을 늘어놓았다. 음식도 별로고 제대로 된 게 아무것도 없다는 식이다. 그러면서 지금 바로 한국으로 돌아갈 테니 연수 비용을 모두 환불해 달라고 한다. 내 얼굴이 하얘지는 게 느껴졌다. 이거 장난 아니구나 싶었다. 부서장이 나를 바꾸라 했다면서 교수가 휴대폰을 내민다. 부서장님은 벤치마킹 연수를 수도 없이 경험한 분이다. 떨리는 마음 그대로 휴대폰을 넘겨받으니 수화기 너머로 조용히 다독이는 목소리가 들린다. 잘 맞춰 드리라고, 이렇게 조금만 더 통화하면서 혼나는 척하다가 휴대폰을 다시 넘기라고, 힘을 내라고 격려를 해 주신다. "아, 네……" 하고 대답하는 나를 팔짱 끼고 쳐다보는 교수의 표정이 차갑다.

통화 후 교수에게 휴대폰을 돌려주니 둘이 다시 한참을 통화한다. 아마 부서장님이 뭔가를 설득하는 것 같다. 마침내 전화를 끊은 교수는 주눅이 들어 마냥 기다리던 학생들을 향해 말했다.

"일단 들어는 가는데, 먹기 싫은 사람은 안 먹어도 돼."

배고픈 학생들이 식당 입구로 줄지어 들어갔다. 들어가 보니 당연히 맛있다! 이것저것 배부르게 먹는 가운데 학생들이 흘끔흘끔 교수의 눈치를 본다. 교수는 뭔가를 깨작거리기는 하는데 여전히 기분이 몹시 나쁘다는 표정을 짓고 있다.

이 교수를 보니 떠오르는 사람이 있었다. MRI 장비를 파느라 3개월을 접대했던 그 고객이다. 두 사람의 공통점은 자기 분야에서만큼은 확고한 지식을 쌓은 전문가라는 점, 그리고 항상 자기를 떠받들듯이 대하는 그룹 안에서 지낸다는 점이다. 즉 자기 영역에서만큼은 견제받는 일 없이 왕처럼 지내는 사람들이다. 이런 사람들은 주변의 모든 이들을 자기의 것을 빼앗으려 하는 부류와 내가 자비를 베풀어 나누어 주어야 하는 부류, 둘 중 하나로 분류하는 듯했다. 모든 선택의 기준으로 오직 자기에게 유리한 방향인지 여부만을 고려하는데, 이를 드러나지 않게 포장하는 기술도 능하다.

이후의 일정 동안 나는 특히 더 조심하며 식당 안내와 이동에 집중했다. 만일 내가 인솔했다면 저기서 한 번 크게 웃었을 텐데, 여기서 시간을 더 끌면서 감동을 이끌어 냈을 텐데, 하는 포인트들은 죄다 교수의 무미건조하고 뜬금없는 설명으로 채워졌다. 안타까웠지만 내가 할 수 있는 일이 없었다.

생각보다 이동이 많은 일정, 학교에서 듣는 강의와 다를 바 없는 설명, 특히 때마다 대놓고 불평을 늘어놓는 교수……. 학생들은 점점 풀이 죽어 제대로 먹지도 즐기지도 못했다. 첫날, 소풍 가듯 왁자지껄하던 분위기는 이내 축축 처져서 집에 빨리 가고 싶다는 분위기로 바뀌어 갔다. 마지막 날 학생들은 지칠 대로 지쳐 보였다. 내가 함께 다녀온 연수 중 최악의 분위기였고, 연수에 대한 설문 평가 결과도 최악이었다.

다른 컨설팅 회사가 마음에 들지 않아 이 회사로 왔지만 여기도 연수 준비가 형편없다고 한참을 이야기하는 교수와 헤어지고 나니, 일주일이 아니라 몇 개월짜리 연수를 끝낸 듯 피곤했다. 교수 역시 최악의 연수라고 했다. 하지만 그게 바로 교수 자신 때문이라는 걸 그는 끝까지 모를 것이다.

지식은 우리에게 생각과 이해의 통찰력을 더해 줄 수 있지만 그것이 곧 사람됨이나 지혜로 이어지지는 않는다는 걸 보고 듣고 느낀 시간이었다. 끊임없이 불만을 토로했던 교수가 이 연수를 통해 나름의 전문성을 가지고 소기의 목적을 달성했다고 주장한다면 이에 반대할 생각은 없다. 하지만 사람이 완전할 수 없듯이, 자기보다 더 나은 사람, 더 나은 의견은 충분히 있을 수 있다. 지식으로 인해 오히려 교만해지고, 나의 모든 판단 기준이 내 이기심을 채워 주는지의 여부로 귀결된다면, 그 지식은 내게 득인가 실인가.

조금씩 지식이 쌓일 때마다 교만한 마음도 쌓여 간다. 그 중간 과정을 인지하기는 매우 어려워서 문득 돌아보다 어느덧 교만과 오만의 맨 끝에 다다른 자신을 만나게 된다. 비록 느릴지라도, 움직이듯 보이지 않더라도, 미래의 어느 순간 깜짝 놀라 내가 어디 있는지를 돌아보는 날이, 반드시 온다.

*

기다리던 이메일이 왔다. 하라 교수에게서 온 것이다. 나와 통화하고 싶다며 전화번호가 적혀 있다. 답장을 보내고 정해진 시간에 전화를 했다. 이분과는 처음 대화하는 터라 살짝 긴장됐지만 전화상으로 전해지는 하라 교수의 말투는 편안하고 배려가 있었다. 차근차근 대화를 이끌던 그가 내게 물었다.

"와카쓰키 교수가 혹시 그사이 조 상에게 연락을 했나요?"

"네, 며칠 전 메일로 《친일파를 위한 변명》을 보내라고 했습니다."

"그래서 보냈나요?"

"네, 보냈습니다만……."

잠시 침묵이 이어졌다.

"그 책을 가지고 왔어도 좋을 뻔했네요. 뭐, 괜찮습니다. 잠깐 시간을 내 일본에 들어와 주시겠어요? ○월 ○일 ○시에 시간이 어떤가요?"

그날이 무슨 날이기에 오라 하는지 궁금해하며 얼른 내 스케줄을 체크했다. 별일 없는 날이다.

"네, 그때 가능합니다. 그런데 무슨 일이신지요?"

그에게서 놀라운 답변을 들었다.

"그날은 와카쓰키 교수의 학내 재판이 열리는 날입니다."

"네?"

재판이라니?

"와카쓰키 교수는 조 상이 없는 사이 새로 들어온 대학원생에게 직위를 남용한 학내 괴롭힘으로 고소를 당했어요. 진상조사위원회가 구성되어 조사하던 중에 한국에 있는 조 상도 피해자일 가능성을 발견했고 그래서 제가 지난번 연락한 것이지요. 재판이 열리는 날 와서 그동안의 이야기를 증언해 주기를 바랍니다.”

그런 일이 있었다니. 아, 그때 내 책상을 쓰고 있던 그 학생이? 일본에서, 학생이 교수를 고소했다니! 그 학생은 대체 무슨 일을 당했을까?

떨리는 가슴을 진정할 수 없었다. 그럼 이 기다림도 끝이 나는 건가? 하지만 지도교수가 징계를 받으면, 그의 학생인 나는 어쩌지? 내가 자신에게 불리한 증언을 하면 더욱 나를 받아 줄리 없을 텐데.

도대체 무엇을 어찌해야 할지 모르겠던 그 혼란의 시간, 단한 가지 외침만은 내 마음속에 끊임없이 맴돌고 있었다.

그날은, 반드시 온다.

3장

기꺼이 떠나는 사람들

13

지금과 예전의 차이가 있는가

*

누구도 인솔할 필요 없는 일본행은 오랜만이다. 앞으로 무슨 일이 생길지를 상상해 보지만 아무것도 떠오르는 게 없다. 당장 오늘 하라 교수를 만나면 무슨 대화를 나누게 될지도 모르겠다. 내딛는 이 길이 어디를 향하는지 알 수 없는 상황. 처음 공부를 하기 위해 막연히 일본에 왔던 때와 지금이 닮았다는 생각이 든다.

뭔가 잘되길 바라서 선택한 유학이었다. 그런데 잘된다는 것이 무엇인지를 스스로에게 물어본 적이 없었다. 내가 누구인지, 무엇이 필요한지. 왜, 어떤 상황에서, 어디로 향하는지를 생각해 보지도 않고 막연히 길을 나선 대가는 길고 혹독했다. 더 가혹한 건, 고난을 겪는다 해도 상황을 꿰뚫어 보는 전지전능한 통찰력 같은 건 생기지 않는다는 거였다. 처음 유학을 가던 때나, 많은 일들을 겪고 난 지금이나, 여전히 내 앞에 무슨 일이 생길지 한 치를 내다볼 수 없다.

그러나 분명한 차이는 있다. 지금 여기에 발붙이고 선택의 순간을 찾아내, 할 수 있는 최선을 다하는 것. 그 의미를 이해하는 시간을 보냈다. 스스로 빛나면서도 겸손한 이가 되고 싶다는 생각을 했고, 모든 것들의 시작은 바로 나였을 수도 있다는 생각도 했다.

재판

오랜만에 찾은 학교다. 이제 김포-하네다 비행기편을 통해 인천-나리타를 이용하던 이전보다 훨씬 빨리 학교에 올 수 있었는데, 이렇게 다시 찾기까지 참 오래 걸렸다. 이메일로 안내받은 하라 교수님 사무실을 찾아 발걸음을 옮겼다. 같은 학교지만 다른 교수님을 만나러 간다는 사실만으로 전혀 새로운 기분이다. 교수실 앞에 서서 똑똑 문을 두드렸다. 안쪽에서 목소리가 들린다.

"들어와요."

문을 열고 들어가 인사를 했다. 반백의 머리카락을 정갈하게 빗은 하라 교수는 나이가 지긋해 보이면서도 입가에 어린 미소가 편안한 인상이다. 체구가 작았지만 바른 자세로 앉아 내게 자리를 권하는 모습에서 오랜 기간 학생을 대해 온 기품이 느껴졌다.

"먼 길 오느라 고생했습니다."

"아니요, 불러 주셔서 감사합니다."

하라 교수는 일어서더니 교수실 한쪽에 있는 테이블에서 미리 데워 놓은 찻물을 내렸다. 뜨거운 찻잔을 직접 내 앞에 들고 와 놓아 주는데 싱그러운 차향에 긴장이 조금 풀렸다.

"어디에 묵을지는 정했나요?"

"아뇨, 아직."

재판은 내일이었다. 재판이 끝나면 하루 더 머물다 가는 2박 3일 일정이다.

하라 교수가 하얀 봉투를 내밀었다. 내 이름이 쓰인 봉투에는 항공료와 숙박비가 현금으로 넉넉하게 들어 있었다. 근처 좋은 곳에서 묵으라며, 학교에서 주는 거라고 했다. 돈이 없어 목욕탕에서 지냈던 지난 방문이 떠올랐다.

하라 교수가 나를 부른 이유를 하나씩 설명해 주었다. 너무 궁금했던 바다. 도대체 연구실에 무슨 일이 일어난 것인가?

"전화로 이야기했지만, 와카쓰키 교수 연구실에 최근에 들어온 대학원생이 학교를 그만두었어요. 그 학생이 그만두면서 보낸 투서가 모든 일의 발단이지요."

"투서를요?"

"네. 그 투서에는 와카쓰키 교수가 행한 여러 괴롭힘 사례들이 나와 있었는데, 특히 이 학생은 와카쓰키 교수에게 심하게 폭행을 당했다고 했습니다."

폭행? 그것도 심하게? 내용이 충격적이라 입이 벌어진다. 아, 때릴 수도 있었구나…….

"그 학생, 혹시 외국인 유학생인가요?"

제일 궁금했던 걸 물었다.

"아니요, 일본인 학생입니다."

그제야 스치는 생각이 있다. 연구실의 선배들, 그럼 그들도 이런 일을 겪으며 그 자리에서 버티고 있던 건가?

"그 투서로 진상조사위원회가 구성됐고, 제가 위원회 대표를 맡아 이 사건을 진행하고 있습니다. 학교는 이 사건을 심각하게 여기고 있어요. 내일 재판은 관련자들이 모두 모이는 자리입니다. 조태호 상은 내일 정해진 시간에 나와 본인이 겪은 일들을 증언해 주면 됩니다."

하라 교수의 설명을 충분히 들은 뒤 교수실을 나섰다.

교수실 문을 닫고 복도에 잠시 멍하니 서서 생각을 정리해 보았다. 군대 같은 연구실 분위기, 나 빼고는 전원 일본인 남학생으로 구성된 인원, 이 연구실 출신의 조교, 무섭고 엄격하지만 교수에 대한 두려움을 내비치던 선배들. 여기에 폭군으로 군림하던 와카쓰키 교수의 폭력을 집어넣으니 아귀가 맞는다. 나는 도대체 나를 지지해 주던 직장을 버리고 어떤 곳으로 흘러 들어갔던 것인가.

"조 상……."

복도 저편에서 나를 부르는 목소리가 들렸다. 흠칫 놀라 소리 나는 쪽을 돌아봤다. 자그마한 키에 짧은 스포츠머리, 웃는 건지 무표정인지 모를 그 특유의 표정. 다나카 상이 거기 서 있었다.

처음 일본에 도착하던 날 지하철역으로 나를 맞으러 나왔던 그는 내가 일본에서 처음 만난 일본인이자 내 바로 위 선배, 즉 내가 오기 전까지 연구실 막내였던 사람이다. 제일 고참 선배부 터 집에 가야 하는 불문율 때문에 매번 나와 둘이 제일 늦게까지 연구실에 남아 있던 사람, 나보다 나이가 많이 어려 선배라기보 다는 열심히 공부하는 동생 같던 사람, 내 일본어를 틈틈이 교 정해 주던, 알고 보면 쾌활하고 따뜻한 마음을 지닌 사람. 그가 하라 교수실 앞 복도에서 나를 불렀다. 내가 오는 건 어떻게 알 았는지, 와카쓰키 교수가 보내서 온 건지 궁금함이 앞섰지만, 일 단은 오랜만에 만난 그가 너무 반가웠다.

"다나카 상!"

인사를 건네니 그도 환하게 웃는다.

"조 상, 오랜만이에요. 한국에서 잘 지냈지요?"

자연스럽게 발걸음을 복도 끝 휴게실로 옮겼다. 계속 이야 기해 오던 사람처럼 친근했다. 난 묻고 싶은 게 많았다.

"연구실에 도대체 무슨 일이 있었나요? 제 연구는 누군가 계 속하고 있지요? 제가 매주 교수에게 리포트 보내는 건 알고 있 었나요? 협찬해 주기로 한 그 회사가 컴퓨터는 사 주었나요?"

여러 가지 질문에 그는 어느 것 하나 속시원히 답을 하지 못 한다.

"에…… 에…… 여러 가지 일이 있었지요."

말끝을 흐리며 대답 대신 그동안 나는 한국에서 어떻게 지냈는지, 연구는 어떤지, 딸은 잘 크는지 등을 묻는다. 나는 성의껏 답해 주었다. 얼마간의 시간이 지나자 비로소 다나카 상이 내게 정말 하고 싶었던 말을 꺼낸다.

"이제 한 6년 남았네요. 와카쓰키 교수님 정년퇴임이. 교수님이 계속 계셔야 모두 무사히 학위를 받을 수 있을 텐데요."

이 이야기를 하러 온 것 같다.

좋든 싫든 와카쓰키 교수가 있어야 연구실 사람들이 모두 공부를 끝낼 수 있는 건 사실이다. 의대와 치대로만 구성된 이 대학 특성상 하나뿐인 의공학 연구실이 갑자기 해체되면 이들은 갈 곳이 없다. 게다가 어느 교수의 제자인지를 중요하게 따지는 일본 학계의 특성상, 만일 와카쓰키 교수가 파면이라도 되면 제자들 역시 자신의 커리어에 큰 흠집을 입는다. 다나카 상은 결국 내가 당한 일을 증언하면 교수는 파면되고 연구실은 해체된다는 사실을 전하러 온 것이었다.

내심 놀랐다. 내일 재판이 그렇게까지 큰 의미가 있는 줄 몰랐다. 선배들에게 피해를 주고 싶은 마음은 전혀 없었는데, 재판이 그들과도 직접적인 관련이 있다는 데 생각이 미쳤다. 내일 증언에 실린 무게를 실감할 수 있었다.

다음 날, 조금 일찍 학교로 향했다. 재판이 열리는 곳은 학교 본관에 위치한 어느 세미나실이었다. 밤새 잠 못 들고 뒤척이느라 피곤한 상태로 땅바닥을 내려다보며 천천히 걸어가는데, 세미나실 앞 복도에서 누군가 나를 말없이 보고 있었다. 연구실의 우에노 선배다. 도호쿠 지역의 의대에 입학했지만, 적성이 안 맞아 수련의 도중 의공학 연구를 시작한 선배다. 내가 이곳에서 공부하던 2년간 많이 의지했던 사람으로, 그는 어떻게 공부하면 그리 해박할 수 있을까 싶을 만큼 내가 궁금해하는 모든 것에 답해 주었고, 나이도 우리 중 제일 많아서, 최고참은 아니지만 실질적인 리더 역할을 도맡았다. 장학금 문제로 휴학하기 직전 너무 힘들어 아무것도 먹지 못하는 나를 염려해 주던 사람이기도 했다.

우에노 선배가 내게 악수를 청한다. 너무 오랜만이라 반가운 마음이 컸다. 악수를 나누며 그가 무슨 말을 할지 기다렸다. 그런데 가만히 미소만 지을 뿐 아무 말도 하지 않는다. 무언가를 다짐하듯 내 손을 다시 한번 꽉 쥐더니 "자, 그럼……" 이 한마디를 하고는 반대편으로 사라진다.

아무 말도 하지 않고 돌아서는 고참 선배의 여운이 어제의 다나카 상보다 훨씬 컸다. 뭔가 잘못되면 우에노 선배도 어려움을 당하게 될 것이다. 우에노 선배, 다나카 상뿐 아니라 다른 선배들도 마찬가지일 것이다. 이제 결론은 내 응어리를 풀 것인가, 연구실을 지킬 것인가, 이 두 가지만으로 존재하는 것 같다. 재판장의 문을 열고 안으로 들어섰다.

조용한 가운데 예닐곱 명 남짓한 사람들이 나란히 앉아 있다. 나도 안내받은 자리에 앉았다. 누가 와 있는지 둘러보니 하라 교수가 제일 먼저 보인다. 그 옆에 있는 사람은 처음 보는데 이상하게 낯이 익다. 한 번도 만난 적은 없지만 홈페이지 인사말이나 학내 매거진에서 봤던 얼굴, 대학원장이라는 게 잠시 후에 기억났다. 이미 만났던 사람들도 몇몇 있는데 박사과정 입학 시험에서 면접관이었던 학장급 교수들이다. 분위기는 엄숙했다. 나는 아직도 마음을 못 정해 손이 떨리고 숨이 가빠 왔다.

문이 열리더니 와카쓰키 교수가 들어온다. 처음 보는 깔끔한 옷을 입고 있다. 기름이 져서 늘 뭉쳐 있던 머리칼도 깨끗하게 정리되어 있다. 저렇게 단정하게 보일 수도 있는 사람이었다니. 뒤따라 조교가 두꺼운 가방을 들고 걸어온다. 그들 역시 정해진 자리에 나란히 앉는다.

진행은 하라 교수가 했다. 재판이 지금 시작된 게 아니라, 앞서서 한참 진행되고 있었고 잠시 휴회한 채 내가 오기를 기다린 모양이다. 하라 교수가 알려 준 시간은 재판의 시작 시간이 아니라, 재판 중 내가 증언을 하는 시간이었던 것이다. 이렇다 보니 앞서서 무슨 이야기가 있었는지, 분위기 파악은커녕 오랜만에 본 학교의 높은 사람들로 주눅이 들었다. 하라 교수가 내 소개를 잠시 하더니 이윽고 나를 향해 말한다.

"이제 조태호 상이 증언해 주시기 바랍니다."

무슨 말을 해야 하나. 말문이 막혀 더듬더듬거리다 내가 한국에서 온 경위와 내가 했던 연구 주제를 이야기하기 시작했다. 석사 인증시험과 박사과정 입학시험에 합격한 이야기를 하는데 내 입학을 결정한 사람들 앞에서 이 이야기를 도대체 왜 하고 있나 싶은 생각에 말이 더욱 꼬였다.

"조태호 상은 지금 한국에 돌아가 있지요? 어째서 지금 한국에 있는지, 이유를 알려 주시겠습니까?"

변죽만 울리고 있는 내게 하라 교수가 정곡을 찌르는 질문을 했다. 이제 결정해야 한다. 뭐라고 해야 하지?

내가 겪은 일들이 어젯밤부터 온통 머릿속을 맴돌고 있는 중이었다. 머리를 깎고 항의하던 일, 한국으로 돌아가 골방에서 이력서를 쓰던 일, 적성에 안 맞는 영업을 하다 엄동설한에 죽을 뻔했던 일, 목욕탕에서 잠을 자며 연구기획안을 만들던 일, 그리고 오지 않는 답변을 홀로 기다리던 그 길고 긴 날들, 내 삶의 의미를 돌아보게 한 시간들, 수많은 사람들과 여행을 다니며 내 안의 문제들을 발견하고 가만히 있어도 빛나는, 어제보다 진정으로 나은 내가 되기로 다짐했던 일.

잠시 그렇게 시간이 흐르는 동안 이상하게 마음이 점점 평안해짐을 느꼈다. 침묵을 깨고 거기 모인 사람들에게 말했다.

"모두 저의 탓입니다."

죽은 듯 고요해지는 분위기 속에서 나는 발언을 이어 갔다.

"와카쓰키 교수실에서 저는 많은 것을 배웠습니다. 훌륭한 선배들, 꽉 짜인 학습 분위기 속에서 연구 분야 이상의 것들을 익혔습니다. 모든 것은 다 제가 부족해서 생긴 일입니다. 이상입니다."

모든 것을 뒤로한 채 나는 그 자리에서 그렇게만 말했다. 하라 교수가 나를 가만히 바라본다. 거기 있던 모든 이들의 시선이 아무 소리도 없이 조용히 나를 향하는 게 느껴진다. 나는 내 앞 책상을 내려다보며 더 이상 어떤 말도 하지 않았다.

하라 교수가 진행을 이어 갔다. 나는 내 순서가 끝난 줄 알고 일어설 준비를 했다. 내 발언 뒤에 와카쓰키 교수의 소명 시간이 있는 줄 몰랐다. 와카쓰키 교수의 발언이 끝나야 퇴장할 수 있었다.

이제 와카쓰키 교수가 말을 하려 한다. 순간, 나도 궁금해졌다. 모든 일들을 알고 있고, 나의 답변까지도 들은 와카쓰키 교수는 과연 뭐라고 답을 할까?

그는 이렇게 답했다.

"이야기 들은 그대로입니다. 그러니 조태호의 퇴학 처분을 바랍니다."

보이지 않는다고 길이 끝난 게 아니므로

✳

내가 없어도 세상은 잘 돌아간다. 내가 있든 없든 원래 세상은 잘 돌아갔다. 그렇다면 뜻대로 일이 되지 않는다고 해서 원망할 것도 없다. 세상은 잠시 있다 갈 내게 빚진 게 없다.

뜻밖의 이야기

"조태호의 퇴학 처분을 바랍니다."

와카쓰키 교수가 이렇게 말한 다음 조교로부터 두꺼운 가방을 건네받아 책상 위로 올려놓는다. 가방을 열고 무언가를 꺼내는데 두께가 20센티미터는 되어 보이는 서류뭉치들이다. 와카쓰키 교수가 말을 잇는다.

"이건 조태호 관련 자료입니다."

뭐를 가져온 거지?

"문과를 전공한 조태호는 의학이든 공학이든 경험이 전혀 없는 사람으로, 본인이 한국에서 간곡히 요청을 해 와서 어쩔 수 없이 잠깐 공부할 기회를 준 적이 있습니다."

내가 간곡히 요청을?

"그런데 은혜를 모르고 2005년 4월에 있었던 학회를 무단이탈해 행방불명이 됐습니다. 저는 조태호가 돌아오길 기다렸지만 연락이 닿지 않았고, 더 이상 학업에 뜻이 없다고 판단하게 됐습니다."

무, 무슨 말을…….

"그리하여 자퇴를 권고했고, 지금까지 아무런 응답이 없었기에 자퇴한 학생으로 취급하고 있었습니다. 아, 그동안 한국에 있었나요? 제가 걱정이 많았습니다. 어디 다른 곳에 불법 취업을 하고 있었나 했거든요. 이렇게 다시 보니 놀라울 따름입니다. 아무튼 이것이 그동안 제가 조태호를 지도하지 못한 이유입니다."

기가 막힌다. 와카쓰키 교수의 말투가 점점 연구실에서 많이 듣던 중얼거리는 투로 변해 간다.

"여기서 조태호가 했다는 연구들도 다 뭐 그저 그런 것들이었는데 그나마 내가 지도해 주어서 학회에서 발표를 하게 된 것이고…… 행방불명이 되어 가지고…… 용납할 수 없습니다. 이렇게 의지가 약한 사람을 열심히 지도해서 가까스로 입학시험을 보게 했는데…… 이미 자퇴한 바와 다름없는 사람이라…… 조태호의 퇴학을……."

의장 역할을 하던 대학원장이 말을 정리했다.

"우리가 판단하겠습니다. 필요한 얘기는 다 들은 듯하네요. 둘 다 퇴장해도 좋습니다."

보여 주지도 않을 '조태호 관련 자료'를 조교가 다시 가방에 쑤셔 넣는다. 두 사람이 밖으로 나가는 준비를 하는 동안 나는 멍하니 앉아 있었다. 이젠 뭘 어찌해야 할지 도무지 갈피를 못 잡겠다. 그 상황에서 내가 하고 있던 생각은 '저 서류는 대체 뭐지?'였다.

"조태호 상, 오늘은 일단 가도 되겠습니다. 내일 아침 돌아가기 전, 제 연구실에 다시 들르도록 하세요."

하라 교수의 말소리에 정신을 차렸다. 그제서야 억울한 마음이 물컹물컹 솟아 항변하고 싶은 생각이 들었다. 하지만 장내는 벌써 어수선해져 있다. 발언 기회는 이미 다 지나갔다는 걸 깨닫고 조용히 일어나 재판장을 나왔다.

이렇게 끝나는 건가?

조금씩 후회가 밀려온다. 자신의 교수직이 걸린 자리라면, 철저하게 준비했을 테다. 아무 생각도, 준비도 없이 그 자리에 나간 내가 바보처럼 농락당하고 버려진 것 같은 기분이 몰려왔다. 오랜 기다림 끝에 맞이한, 그런 특별한 자리에서 내가 한 말이 고작 모두가 내 탓이라니. 내가 무슨 성인군자라도 되나? 다나카 상, 우에노 선배를 위해 희생하면 그들이 학위라도 줄 줄 알았나?

호텔로 돌아와서는 결국 머리를 쥐어뜯고 말았다. 내가 왜 그랬을까? 가는 길이 올바른지 점검하며 나아가다 보면 언젠가 연구실에 복귀할 수 있을 줄 알았다. 내가 너무 순진했던 건가? 당당하다면 끝까지 해 보자고 다짐하며, 언젠가 내 자리로 다시 돌아갈 수 있기를 기대했는데. 어린애 같은 바람이었다는 생각이 든다.

위안부 이야기에 발끈한 내가 머리를 깎고 나타났을 때부터 와카쓰키 교수는 이미 나를 내쳤다. 생각해 보면 그는 계속해서 이 결정을 알렸다. 장학금 중단에서부터 자퇴 종용, 지난번 방문 때의 냉대, 그리고 답을 하지 않던 긴 시간. 와카쓰키 교수는 일관되게 한 가지 답을 보냈다. 나 혼자 이를 인정하지 않았던 것이다.

잠 못 이루며 밤을 다 새우고 나서야 마음을 추스렸다. 집으로 돌아가자. 원래 공부를 하려던 것도 아니었지. 어쩌다 시작하게 된 유학, 다 잊고 한국으로 돌아가서 그냥 지금처럼 살자.

짐을 챙겨 호텔을 나서는데 하라 교수가 잠시 들르라고 한 말이 떠올랐다. 만나 봐야 무슨 의미가 있나 싶었지만, 하라 교수도 기대하는 게 있어서 여기까지 나를 불렀을 텐데, 어제 그렇게밖에 발언을 하지 못한 것이 미안했다.

공항 가는 길에 다시 한번 학교를 찾았다. 그간의 모든 것들에 마지막 인사를 하는 마음으로 하라 교수실 문을 두드렸다. 첫 방문 때처럼 하라 교수가 차를 내려 주었다. 역시 향이 향기롭다. 하라 교수가 호텔은 괜찮았는지, 지내는 동안 불편은 없었는지를 물어본다. 예의를 다해 답을 하고, 내가 하려던 말을 꺼냈다.

"교수님, 여기까지 불러 주셨는데 제가 어제 증언을 제대로 못 한 것 같아 죄송합니다."

하라 교수는 대답 대신 조용히 미소를 지었다. 차 향기를 맡으며 잠시 뜸을 들이더니 뜻밖의 이야기를 꺼낸다.

"걱정 마세요. 이미 우리도 많이 알고 있습니다."

"네?"

"그동안 와카쓰키 교수 연구실에 관한 여러 가지 조사를 진행해 왔어요. 당신이 지난번 보내온 자료들도 도움이 됐습니다. 와카쓰키 교수에게 어떤 문제가 있는지, 그 연구실에서 무슨 일이 벌어지는지 어느 정도 파악된 상황입니다."

"아⋯⋯."

"당신이 아무런 이야기를 하지 않은 건 인상적이었어요. 와카쓰키 교수는 자기 학생이 한국에 가 있는 상황에 대하여 서면으로 이미 변론을 했습니다. 어제 그의 이야기는 우리에게 사전에 제출했던 내용의 반복이었고요."

"그러면 그게 사실이 아니라는 것도 다 알고 계신 거지요?"

나도 모르게 목소리 톤이 바뀌었다.

"어제 일어난 일은 그 자체로 연구실 안에서 그동안 어떤 일들이 있었을지를 단적으로 보여 주었습니다. 제가 느낀 그대로, 모두들 함께 느꼈을 겁니다."

여기까지 이야기하던 하라 교수님이 자세를 바로잡는다.

"조태호 상, 그동안 겪었을 모든 불합리한 일들에 대해, 제가 대신하여 사과합니다."

예상치 못했던 일이다. 하라 교수님이 갑자기 내게 머리를 숙이며 자기가 하지 않은 일에 대하여 사과를 하고 있다.

"아, 아뇨…… 감사합니다."

나도 덩달아 머리를 숙였다. 무척 당황스러웠지만 하라 교수님의 말과 표정, 태도에서 진심이 느껴졌다. 어찌됐든 누군가 진실을 알아주었다는 위로가 마음 한편에 차오른다. 이런 교수님도 있구나.

"교수님, 감사합니다. 제 마음이 가벼워집니다."

감사의 인사에 하라 교수님이 또다시 미소 지으며 가만히 찻잔을 본다. 그러고는 질문을 던진다.

"조태호 상, 공부를 더 하고 싶어요?"

"네? 아, 물론……."

"그럼, 내 연구실에 와서 공부해 볼래요?"

깜짝 놀랐다. 하라 교수님이 설명을 더한다.

"저는 생화학을 연구하는 사람인데, 단백질 구조를 예측해야 할 때가 있어요. 이 분야 연구에는 컴퓨터를 잘 다루는 사람이 필요합니다. 어제 조 상이 돌아간 후, 재판 자리에 있던 사람들에게 만일 당신이 원한다면 박사학위를 받을 때까지 내가 당신의 새로운 지도교수가 되는 것을 제안했어요. 거기 있던 모두가 이에 동의했습니다. 이제 당신이 선택하면 됩니다."

원래 세상은 그렇다. 내 뜻대로 되지 않는다.

하지만 원망할 건 아니다.

최선을 다했고, 그게 나의 진심이라면

장차 될 수도 있는 것에 대한 소망을 품고 기다리면 된다.

보이지 않는다고 해서 길이 끝난 게 아니므로.

언제나 옳고 그때는 모르는

✳

사람의 두뇌는 편안한 곳을 안전한 곳으로 착각한다.

하지만 편안한 곳은 위험한 곳이다.

변화를 가로막고 그 자리에 머물도록 정체시키다

결국 더 큰 위험을 가져오기 때문이다.

― 수전 데이비드

다시 빨간약

기적처럼 학교에 복귀하는 길이 열렸음을 확인하고 일단 한국으로 돌아왔다. 무엇보다 하라 교수님과의 짧은 만남에서 받은 따뜻한 느낌은 그간의 어려움들을 보상받았다는 생각이 들 만큼 인상적이었다. 단백질 구조 예측 연구가 무엇인지 궁금해졌다. 관련 책들을 읽으며 다시 일본으로 돌아갈 구체적인 계획을 세워 보기 시작했다.

하라 교수의 제안을 그 자리에서 바로 수락하지 않은 이유는 연구실로 복귀를 한다고 해서 장학금을 다시 받을 수 있는 게 아니라는 설명을 함께 들었기 때문이다. 문부성 장학금은 어떤 이유로든 같은 사람에게 두 번 주지 않는다고 했다. 일본으로 다시 돌아간다면 공부와 병행해 일본에서 생활비를 벌고 등록금을 마련해야 한다. 쉽게 내릴 결정이 아니었다.

마침 연말이라 회사에서 전 직원 제주도 워크숍을 갔다. 참석은 했지만 계약직 신분이기도 하고 직원들과 오래 같이 일한 사이도 아니어서 서먹서먹했다. 관망하듯 워크숍의 한 귀퉁이를 조용히 지켰다. 워크숍의 하이라이트, 그해 실적이 가장 우수한 직원에게 주는 '올해의 컨설턴트상' 주인공이 발표되는 세 번째 날 밤이었다. 무덤덤하게 앉아 있던 나는 화들짝 놀랐다.

수상자로 내 이름이 호명됐기 때문이다.

도요타 벤치마킹 연수가 잘됐던 건 사실이지만, 수십억 매출을 올린 부서가 수두룩한데 계약직으로 채용되어 한국과 일본만 오가던 내가 이 상을 받은 건 놀라움을 넘어서 파격적이라고들 했다. 부상으로 상금과 금강산 여행권을 받았다. 워크숍을 마치고 서울로 돌아와 그동안 신세를 졌던 장인 장모님을 여행 보내 드리고, 상금은 집 근처 한정식집에서 본가 식구들에게 식사를 대접하는 데 썼다. 그간 못 했던 효도를 조금이나마 한 듯해서 속이 좀 후련했다.

며칠 뒤, 사장님이 나를 따로 불렀다. 평사원으로 입사해 국내 1위의 컨설팅 기업 경영자 자리에 오른 카리스마 넘치는 사장님이 내게 정규직을 제안했다. 이제 곧 벤치마킹 연수만을 따로 맡는 새로운 부서를 만들 계획이라며, 과장급에 해당하는 선임 컨설턴트로 정식 채용할 테니 힘써 달란다.

얼마 후 조직 개편안이 발표됐다. 정말로 벤치마킹 연수를 전담하는 '글로벌 비즈니스 센터'가 생겼고 내 이름이 센터장님 바로 다음으로 들어가 있었다. 학교 등록금과 생활비를 벌러 들어온 곳인데, 몇 달 만에 신규 부서의 정규직 과장이 됐다. 단백질 구조 예측을 공부하려고 구해 놓은 구조생물학 책은 진도가 나가질 않는데, 유학을 가지 않을 이유들이 쌓이고 있다.

우선은 새롭게 탄생한 벤치마킹 부서 일에 매달렸다. 일본

경제가 '잃어버린 10년'을 극복하고 다시 활력을 찾고 있다는 뉴스가 자주 보도되던 시기다. 불황 극복 사례를 배우기 위한 연수 문의가 날이 갈수록 늘고 있었다.

4월이 됐다. 4월이 내게 중요한 이유는 일본의 새 학기가 시작되는 시기라서다. 더 이상 결정을 미룰 수 없었다. 안정된 회사의 일원으로 남아 현실에 머무르는 길과, 잘 모르지만 가능성을 가진 유학의 길을 놓고 고민하는 상황. 얼핏 보면 매크로미디어를 그만두고 일본으로 떠났던 예전과 닮아 있다. 하지만 처음 일본에 가겠다는 결정은 실은 내가 한 게 아니다. 나를 둘러싼 환경에 쫓겨, 내 안의 약한 자존감과 자동분류기처럼 작동하던 고정관념이 내 결정을 대신했다. 도망치듯 하는 선택이 아니라, 정말로 공부를 하기 위한 유학을 갈 것인지를 놓고 결정할 만큼 그사이 내 경험치가 늘었다. 그래서 결정이 어려웠다.

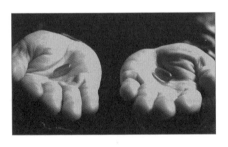

▲ 다시 주어진, 변화의 빨간약과 현실 안주의 파란약. (사진 출처: 영화 〈매트릭스〉)

하버드대학교 심리학과 수전 데이비드 교수는 《감정이라는 무기》에서 우리가 변화를 두려워하는 이유를 생리학적으로 설명한다. 사람의 뇌는 편안한 상황이 되면 보상 관련 사항을 관장하는 뇌 부위인 선조체를 활성화하고, 알 수 없는 상황에 처하면 공포를 관장하는 편도체를 활성화한다고 한다. 따라서 아무런 결단이나 생각 없이 무심코 느낌만을 따르는 사람은 본능적으로 눈앞의 편안함을 선택하게 되며 변화를 회피하고 당장 지금 나를 편안하게 만들 것들에만 몰입하게 된다고 한다. 불확실성을 두려워하는 이러한 본능이 우리 안에 있음을 자각하는 일은 편안함에서 벗어나 미래를 개척하는 데 중요한 첫걸음이 된다는 이야기다. 결국 안전하다고 착각하게 하는 지금의 편안함을 언제든 털고 일어날 수 있어야 한다. 그 두려운 한 걸음이 나를 더 큰 위험에서 벗어나게 해 주기 때문이다.

사업부서가 안정되고, 정규직이 되어 월급도 받을 만큼 받게 된 상황. 같은 연수를 수십 번 하다 보니 일에 대한 부담도 적다. 선택은 이 편안한 곳에 머물 것인가, 아니면 내가 바로 얼마 전까지 경험했던, 끔찍하리만큼 힘들었던 유학의 길을 다시 갈 것인가, 둘 중에 하나였다. 결정의 순간이 다가오자 점점 가슴이 아프고 두려워졌다. 결국 내가 떠날 것을, 마음 저편에선 이미 알고 있었기 때문이다.

본 적도 없는 하버드대학 심리학과 교수가 한 말 때문만은 아니다. 이 선택은 내게, 내 힘으로 할 수 있는 것에 머물 것인가, 아니면 그 바깥에 있는 더 큰 무언가를 향해 나아갈 것인가의 문제였다.

마음을 정리한 뒤 센터장님을 찾아가 이야기를 꺼냈다. 회사를 그만두고 공부를 더 하고 오겠다고. 모두가 놀란다. 사장님이 호출하더니 마음을 돌리라 한다. 어떤 상무님은 기억에 두고두고 남을 쓴소리를 했다. 하지만 이내 경력 사원이 뽑힐 때까지만 일을 계속하기로 이야기를 마무리했다. 한 달 후 회사에 사표를 제출하고 나오는 길엔 두려움과 기쁨이 교차했다.

다시 한번 일본행 비행기에 올랐다. 확정된 것도 없고 가진 것도 없다. 공포를 관장한다는 편도체의 활성화 때문인지 익숙한 두려움이 일본으로 향하는 발걸음 내내 함께했다. 그럼에도 새로 찾은 5월의 교정, 그때의 싱그러움을 아직도 잊지 못한다. 누군가에 의해서가 아니라, 나의 의지로 변화를 선택했다. 그 모든 것을 겪었지만, 상황에 휘둘리지 않았다. 간절함을 품은 채 선택한 그 길이 더할 나위 없이 상쾌했다. 내게 선물처럼 주어진 자유의지로, 더 큰 세상을 향해 드디어 내 생애 첫발을 내딛은 것 같았다.

수년 뒤, 일본 경기가 다시 침체되어 벤치마킹 연수의 인기가 급격히 사그라들고 종국에는 글로벌 비즈니스 센터도 뿔뿔이 해체됐다. 그 소식을 접했을 때 나는 하라 교수님 지도하에 박사학위 논문을 쓰고 있었다.

편안함보다 변화를 향했던 나의 선택은,

언제나 옳았다.

매번 그때는 모를 뿐이다.

세상은 이미 행복하다

*

조금 전 그랬다. 편안한 곳은 위험하니, 그 위험을 벗어나 안전을 찾아 떠나라고. 그런데 위험과 안전의 차이는 누가 정하는가. 만일 내가 편안한 그곳에 있기로 하고 다가올 위험까지도 내 선택의 범주에 놓는다면, 그것은 위험일까? 아니면 결국 지나갈 내 삶의 일부일까? 왜 굳이 두려움을 극복해야 하며, 힘들여 변화를 맞이해야 하는가?

이렇게 좋은 날

호주인 그레이엄 스타인스Graham Staines 씨는 젊은 시절 한센병 환자를 돕는 훈련과정을 자원해서 마쳤다. 간호사인 아내와 함께 문명의 손길이 미치지 못하는 지역에 들어가 봉사하며 살기로 결심했기 때문이다.

그가 찾은 곳은 인도의 오디샤라는 지역이다. 그레이엄 부부는 너무도 가난해서 전염병과 영양실조가 만연하고 의료시설도 열악한 그곳에서 제대로 돌봄받지 못하는 한센병 환자들을 평생 돕기로 작정한다. 지금부터 전할 이야기는 그레이엄 씨가 인도의 변두리 마을에서 17년째 한센병 환자들을 돌보던 중 일어난 충격적인 사건에 관한 것이다.

그날도 온종일 환자들을 돌본 그레이엄 씨는 두 아들, 열 살 필립과 여섯 살 티모시와 함께 차에서 잠시 눈을 붙이고 있었다. 무언가 소란한 분위기에 심상치 않은 느낌이 들어 눈을 뜬 그레이엄 씨는 건장한 인도 청년들이 자신의 차를 둘러싸고 있는 걸 보았다. 화가 나 보이는 젊은 청년들의 손에는 커다란 각목이 들려 있다. 그리고 역한 휘발유 냄새가 났다.

무슨 일인지 알아보려 차 문을 여는 순간 사방에서 무섭게 각목이 날아온다. 죽음의 위험을 직감한 그레이엄 씨는 차 문을 닫고 필립과 티모시를 품에 꼭 껴안았다. 아직 어린 티모시가 울음을 터뜨리는데 누군가 차에 불을 붙인다. 펑 하는 소리와 함께 폭발하듯 화염이 차를 휘감는다.

얼마나 지났을까. 불이 진압된 차 안에서 서로 꼭 껴안은 채 새카맣게 탄 시신 세 구가 발견된다. 그레이엄 씨는 어린 두 아들과 함께 자신이 평생을 봉사하고 헌신하던 곳에서 그렇게 어이없이 살해됐다. 1999년 인도의 오디샤에서 일어난 그레이엄 일가족 살인 사건이다.

불을 지른 청년들은 왜 한센병 환자들을 돌보며 살던 그레이엄 씨와 그의 죄 없는 어린 아들들을 죽였나? 그를 죽인 인도 청년들은 강경파 힌두교인이었다. 이날 이 청년들은 마을의 전통 결혼식에 갔었다고 한다. 그런데 결혼식 축가로 누군가 찬송가를 부른 것이 이들을 화나게 했다. 기독교가 자신들의 삶을 방해하고 자신들의 영역을 빼앗으려 한다고 느낀 힌두교 청년들은 돌아오는 길에 분풀이 대상을 찾고 있었다. 그때 타깃이 된 사람이 바로 노란 머리의 그레이엄 씨와 두 아들이었다.

비극은 여기서 멈추지 않았다. 이 사건을 일으킨 청년 무리의 우두머리는 다라 싱이라는 사람인데, 이 사건이 알려지자 다라 싱은 강경파 힌두교인들의 영웅으로 떠오른다. 그리고 오디샤 지역의 기독교인들을 상대로 피바람이 불기 시작한다. 남녀노소를 가리지 않고 기독교인이라면 몽둥이로 때리고, 교회에 폭탄을 터뜨리는 광풍이 분다. 이 살인의 광기는 오디샤를 넘어 다른 지역으로 번지며 인도 내의 기독교인들을 공포에 떨게 했다.

이 사건을 이렇게 생생하게 알고 있는 건 나도 공포에 떠는 기독교인 중 한 명이었기 때문이다. 회사일로 인도의 벵갈루루로 출장을 나가 있던 중이었다. 3개월 일정이라 평소에 하던 대로 일요일에 교회를 찾아갔는데 그곳에서 그레이엄 씨 살인 사건 이야기를 처음 들었다. 바로 옆 마을 교회 이야기도 들었다. 예배 중 쓰레기통에서 폭탄이 터져 여러 명이 다치고 한 사람이 죽었다는 소식이었다.

일하러 갔다가 나도 모르게 목숨 걸고 예배드리는 상황이 된 것이다. 일본 유학 전, 2000년 여름의 일이다. 두려움이 많던 20대의 나는 폭탄이 있을지도 모르는 쓰레기통을 흘끔거리며 생애 가장 무서운 예배를 드렸다.

인도에서의 일정은 처음부터 힘들었다. 팀원들과의 관계도 어려웠고, 현지에서 겪는 여러 상황에도 적응이 안 됐다. 힘든 직장생활에서 벗어나 일요일만이라도 평안을 찾고 싶었던 나는 신앙심이라기보다 그저 잠시 회피하고자 하는 마음에 교회에 나갔다. 예배당에 앉아서 생명의 위협을 느끼는 이런 상황은 전혀 예상하지 못했다.*

할머니 손에서 크던 여덟 살 무렵, 나는 처음 교회에 나갔다. 어떻게 해서 가게 됐는지는 기억나지 않는다. 보통 크리스마스 같은 행사에 친구 손을 잡고 나간다고들 하는데, 나는 혼자 뜬금없이 찾아왔단다. 아마도 일 나간 할머니를 하루 종일 기다리는 것보다 더 나은 무언가를 본능적으로 찾아갔나 보다.

바라는 것 없이 베풀어 주는 사랑이 가족의 사랑이라면, 어린 시절 내게 이 사랑을 지속적으로 주던 곳은 교회다. 물론 할머니가 눈물 날 만큼 헌신적으로 키워 주셨고, 가끔씩 찾아오시던 아버지 어머니와의 시간을 통해 부모님이 나를 사랑하신다는 것을 알 수 있었지만, 너무 힘든 생활고에 시달리던 할머니와, 자주 볼 수 없던 부모님으로부터 그 나이 아이가 흡족하게 느낄 만한 사랑과 정을 온전히 받기는 아무래도 무리였다.

교회에는 사람들이 있었고, 프로그램이 있었고, 친구들이 있었다. 내 사정을 아는 어느 집사님은 내가 고등학교를 졸업할 때까지 학교 수업료를 내주었고 남몰래 용돈도 주셨다. 주일학교 선생님은 나를 따뜻하게 대해 주셨고, 나에게 어떻게 지내는지를 물어보셨다. 교회는 내 가족이었고, 성인이 되기까지 내가

---

* 2000년 6월에 인도의 안드라 프라데시, 타밀 나두, 마하라슈트라 등에서 기독교 교회 폭탄테러가 일어났다. 그중 안드라 프라데시, 타밀 나두는 각각 벵갈루루의 동쪽과 남쪽에 인접해 있다. (편집자 주)

엇나가지 않게끔 붙잡아 준 곳이다.

인도에서 만난 교회는 모든 것이 달랐다. 두려움, 절실함, 그리고 비장함이 흐르는 곳이었다. 죽음이 바로 곁에 있는 곳, 무섭고 떨리는 곳이었다.

지금 생각해 보면 놀라운 것이, 내가 인도의 그 작은 교회를 3개월 내내 한 주도 빠짐없이 나갔다는 사실이다. 여기에는 이름이 기억나지 않는 어떤 아저씨의 공이 크다. 매주 기어이 예배당에 나와서는 잔뜩 움츠린 채 경직되어 있는 내 어깨를 툭 치던 그분. 검게 그을린 얼굴의 그 아저씨는 장난기 가득한 표정을 하고는, 겁에 질린 나를 보고 이렇게 말했었다.

"쫄았어?"

쫄았다. 폭탄, 테러, 살인. 뉴스에서나 보던 무시무시한 것들과 내 평생 처음 가까워진 순간이다. 쫄아서 겁에 질린 토끼 같은 모습을 하고 있었을 것이다.

참 이상하게도, 거기에서 만난 사람들은 너무나 평온해 보였다. 교회라고 해 봐야 겨우 열 명 남짓의 선교사들이 모이는 작은 공간. 누구도 주눅 들어 보이는 사람이 없다. 두려워하는 건 오직 나뿐이었다. 이들의 평온함은, 일하는 게 힘들고 사람 관계가 어려워서 그곳을 찾은 나를 초라하게 했다. 내가 처한 상황이 뭐라고 이렇게 힘들어하나, 하는 위로도 받았다. 그래서 3개월 동안 매주 이곳을 찾았던 것이다. 그들로부터 매번 조금은 이기적인 위로를 받으면서.

　정해진 3개월을 다 채워 가던 날이다. 다행히 더 이상의 폭탄은 없었다. 내가 있던 벵갈루루는 온건파 힌두교인들이 많아 위험한 상황은 발생하지 않고 있다는 이야기를 들었다. 하지만 오디샤 소식만큼은 날로 비참하게 들려왔다. 많은 사람들이 여전히 교회를 다닌다는 이유로 맞아 죽고 불에 타 죽는 일이 생기고 있었다. 바로 내 곁에서 믿을 수 없는 살육이 벌어지는 중이었다.

　그날도 여느 때처럼 예배를 마치고 이야기를 나누고 있었다. 점심을 먹고 다과를 나누던 중, 늘 즐겁게 분위기를 이끌던 '쫄았어' 아저씨가 아무렇지도 않게 말했다. 지금도 그 순간을 잊지 못한다.

　"아 참, 저 내일 오디샤 들어가요."

　왁자지껄한 분위기가 일순 가라앉는다. 나는 놀라서 속으로 물었다. 오디샤를 간다고? 왜?

　"도와줘야지요, 뭐든."

　누구도 그리 하라고 하지 않았는데, 그는 자원해서 그곳에 숨어 있는 인도 기독교인들을 도우러 가겠다는 결심을 했다. 잠시 가는 게 아니라 계속 그들 곁에 있을 생각이란다. 사람들이 걱정할까 봐 출발하기 바로 전날 이를 알리고 있었다.

"오디샤라면 너무 위험한데."

누군가 이 말을 한 뒤, 침묵이 흐른다. 모두가 알고 있었다. 지금 기독교 선교사의 이름으로 그곳에 가면 죽는다는 걸.

"우리 같이 가요. 조금만 더 기다렸다가……."

어떤 분이 끝내 말끝을 흐린다.

믿어지지가 않았다. 내 눈앞에 멀쩡하게 살아 숨 쉬는 이 사람이, 우리에게 걱정 말라며 미소 짓는 그 얼굴이, 이제 얼마 후면 이 세상에 없을 수도 있다고?

한두 사람이 흐느끼기 시작한다. 팔을 한번 만져 보고, 어깨를 한번 잡아 본다. 참았던 울음이 여기저기서 터져 나온다. 이기적인 위로를 구하던 나, 그런 내 눈에서도 눈물이 새어 나오더니 멈추질 않는다.

누군가 벌떡 일어났다. 눈물을 닦고는 옆에 놓인 기타를 집어든다. "이거 왜들 이래. 먼 길 가신다는데 우리 늘 하던 찬양 합시다." 그러면서 찬양 한 곡을 부르기 시작한다. 〈이렇게 좋은 날〉이라는 곡이다.

이렇게 좋은 날 아름다운 우리의
만남을 기뻐합니다
하나님의 사랑 가득한 오늘 이 시간

우리의 만남을 기뻐해요

때론 슬플 때도 있고

견디기 힘들 때도 있겠지만

우리 예수님 당신과 함께

늘 동행하셔요

눈물 흘리며 노래를 부르는데 다리에 힘이 풀렸다. 더는 서 있을 수가 없게 되어 주저앉았다. 내 안에서부터 알 수 없는 울음이 터졌다. 그렇게 목놓아 울어 본 적이 없다. 한참을 울었다. 왜? 이분은 왜 가는 거지?

교회에 가면 편안하고, 가족 같고, 즐거웠던 나다. 교회 지붕이 피난처고 안식처였다. 그런데 알고 보니 교회는 그런 곳이 아니었다. 내가 그리 쉽게 다녔던 교회는 아저씨와 같은 사람들의 피와 눈물로 이루어진 곳이었다.

'왜?'라는 질문을 또다시 던져 본다.

작은 변화도 무서워 한 치 앞을 내딛지 못하는 내가 여기 있다. 하지만 죽음도 무서워하지 않고 기쁨으로 갈 길을 내딛는 사람들이 동시대에 살고 있다. 이 둘의 차이는 무엇일까?

한국으로 돌아온 뒤로도 한참이 더 지난 후에야 알게 된 것은, 그 선택의 끝이 가리키는 방향이 다르다는 것이다. 이들은 나

자신보다 큰 어떤 존재를 향한 선택을 하고 그 방향으로 나아간다. 하지만 나는 유한한 나를 중심에 두고 나의 잘됨을 위해 그때그때 선택해 왔을 뿐이다. 자신이 어디에서 와서 어디로 가는지를 알고 있는 이들에게는 두려움이 없다.

세상의 큼과 나의 작음,
모든 것을 존재하게 하는 어떤 진리와
내가 배운 지식의 조각,
내가 있든 없든 이미 행복한 세상과
날 때부터 유한한 나.

전자와 후자를 구분해 내가 스스로 만들어 낸 한계에 구속되지 않는 것. 아주 작은 발견이지만, 이 미세한 발견이 내 인생에 가져온 차이는 말할 수 없이 크며, 다시 한번 내가 일본으로 떠날 수 있었던 배경이 되었다.

내가 만든 울타리 안보다 훨씬 큰 가능성을 믿고
나보다 더 큰 세상이 내 편이라는 확신으로
기꺼이 길을 떠나는 사람들에게

세상은 이미 행복하다.

성장을 부르는 응답

✽

할 수 있는 일의 범위를 넓히는 지혜와

이를 해내는 최선과

소망을 품고 결과를 기다리는 인내.

성장이란,

우리가 만나는 인생의 모든 다사다난함에

이 세 가지로 응답해야 함을 알아 가는 과정이 아닐까.

선택, 그 후

일본에 도착해 앞으로 지낼 곳부터 찾기 시작했다. 학교 기숙사에서만 살았던 터라 집을 구하는 건 처음이다.

도쿄에서 살아 본 사람이라면, '살인적인 도쿄 물가'의 주범이 바로 주거비라는 점에 동의할 것이다. 워낙 비싼 데다가 월세 집을 구하려면 레이킨礼金, 사례금, 시키킨敷金, 보증금, 중개료 등 첫 월세의 몇 배에 달하는 돈을 추가로 내야 하는 곳이 일본이다. 이마저도 집주인이 싫다고 하면 못 들어간다. 그런 탓에 외국인은 일본에서 집을 구하기가 쉽지 않다.

한국에서 검색해 온 셰어하우스 세 곳의 주소를 손에 꼭 쥐고 돌아다녔다. 첫달 월세만 내면 추가 비용 없이 살 수 있다는 광고가 마음에 들었다. 홈페이지에 올라온 사진들을 보면서, 공부하기 위해 상경한 젊은이들이 널찍한 집에 생기발랄하게 모여 사는 상상을 했다. 막상 가 보니 우리나라 고시원 같은 곳이다. 좁은 방이 다닥다닥 붙어 있고 뭔가 사연 있어 보이는 나이 든 분들이 왔다 갔다 했다. 이곳저곳 가릴 처지는 아니다. 처음 간 곳은 방이 꽉 찼다고 해서 대기 리스트에 이름을 올려놓았다.

두 번째로 간 곳은 빈방이 있다고 했다. 관리인을 따라 방을 확인하러 가는데 제발 저기만은 아니길 바라던 방의 문을 연다.

공용 화장실 코앞에 있던 그 방에는 창문도 없었다. 여기가 제일 싼 방이라는 설명은 그다지 도움이 되지 않았다.

세 번째 셰어하우스를 찾아 나서는데, 이번엔 길이 좀 멀다. 한참을 전철로 이동하며, 학교 근처에서 편히 통학할 수 있으리라는 기대를 접었다. 도착해 보니 시내 중심에서 좀 떨어져 있어서인지 가격은 적절했다. 주택가라 주변도 조용하다. 빈방을 소개해 주는데 문을 열자마자 창문으로 가득 들어오는 햇살이 따사로웠다. 그 자리에서 그 방으로 정했다.

좁은 침대 옆에 자그마한 책상이 있고 밑에는 한 칸짜리 소형 냉장고가 있었다. 나가서 음료수를 사 와 채워 넣고 책상에 앉았다. 그동안 무수히 펼쳐 보았지만 진도가 안 나가던 구조생물학 책부터 꺼냈다. 창문으로 햇빛이 들어오는 느낌이 좋다. 책장을 한 장씩 넘기는데, 이렇게 가뿐한 마음으로 공부를 하는 게 얼마 만인가 싶다. 내가 좋아하는 편의점 녹차를 꺼내 마시니 기분도 홀가분해진다. 새로운 힘이 생겼다. 확실히, 학교에서 와카쓰키 교수를 마주치기 전까지는 그랬다.

학교에 복귀한 첫날, 와카쓰키 교수가 나를 기다리고 있었다. 아니, 어쩌면 내 착각일 수도 있다. 그날따라 그 선배가 건물에 누가 들어오는지를 지켜보고 싶었을지도 모른다. 내가 들어서는 걸 보고 그 선배가 어딘가로 황급히 뛰어간 것도, 하라 교수실이 있는 층에서 갑자기 와카쓰키 교수가 나타난 것도 우연이었을 수 있다.

엘리베이터에서 내리자마자 낯익은 목소리가 귀에 꽂혔다. 평생 잊을 수 없는 목소리, 그 특유의 중얼거림. 등골이 오싹해졌다. 나도 모르게 그쪽으로 고개를 돌리니 와카쓰키 교수가 내 쪽을 향해 걸어오고 있었다.

와카쓰키 교수는 학교로부터 징계를 받았다고만 들었다. 지금 내 눈앞에 나타난 걸 보니 교수직을 잃을 정도의 중징계는 아닌 게 확실하다. 그렇다면 앞으로 몇 년간은 좁은 캠퍼스 내에서 계속해서 마주쳐야 하는 상황이라는 얘기다.

와카쓰키 교수가 중얼거리며 점점 다가오는데, 그를 맨 처음 만났을 때의 기괴한 느낌이 되살아났다. 이를 상대할 준비가 전혀 되어 있지 않음을 깨달은 나는 서둘러 발걸음을 하라 교수실로 옮겼다. 그런 내 뒤를 와카쓰키 교수가 따라오는 이상한 모양새가 됐다. 뒤에서 "어이!" 하는 소리가 중얼거림 속에 섞여 있었던 것도 같다. 그가 발걸음을 빨리하며 나를 따라잡으려 했던 것 같기도 하다. 지금 돌아서서 무언가를 말해야 하는 건가? 무슨 말을 해야 하지? 도대체 왜 나에게 오는 거지? 어찌할지를 몰라 하며 하라 교수실에 다다랐을 때 벌컥 문이 열렸다.

"조 상, 도착했네요. 들어와요."

얼른 문 안으로 들어섰다. 문이 닫혔다.

새로운 지도교수와의 만남을 앞두고 이것저것 얘기할 거리가 많았었는데 그만 다 잊어버렸다. 와카쓰키 교수의 중얼거림이 험난한 새 출발의 예고인 듯 뇌리에 남아 한동안 멍하니 앉아 있었다.

18

다시 찾은 자리

＊

그날 와카쓰키 교수는 분명 내게 무슨 말인가를 하려고 했다. 한참이 지나서야 그때 그가 무슨 말을 하려 했는지가 궁금해졌다. 이후로는 오랫동안 그와 마주치지 못했기 때문이다. 그를 다시 본 건 졸업을 위해 박사학위를 심사받는 자리에서였다. 지난 연구 실적을 발표하려는 때 누군가 문을 벌컥 열고 들어오는데 와카쓰키 교수였다. 오기로 되어 있던 교수 명단에 없었으므로 초대받고 온 게 아니다. 그의 갑작스러운 등장에 깜짝 놀랐지만, 진정하며 내가 준비한 것들을 발표했다. 내가 발표하는 동안 와카쓰키 교수는 가만히 한쪽에 앉아 있었다. 고개를 몇 번 끄덕인 것도 같다. 발표 후 질의응답이 이어질 때, 그가 자리에서 일어나 조용히 밖으로 나가는 게 보였다. 내가 기억하는 그의 마지막 모습이다. 그 후 정년퇴임을 했다는 소식이 들려왔다.

그날 복도에서 그는 내게 무슨 말을 하려 했을까? 이렇게 궁금한 걸 보니, 혹시 내 안에 그로부터 듣고 싶은 어떤 말이라도 있었나? 만일 미안하다고, 고생 많았다고, 훌륭한 학자가 되라고 말해 주었다면, 나는 그에게 뭐라고 대답했을까?

내가 할 수 있는 일

학교를 다시 찾은 이날은 학생으로서 하라 교수를 처음 만나는 날이기도 했다. 하라 교수는 그의 학생들이 있는 연구실로 나를 안내해 주었다. 깨끗하고 정갈한 느낌이다. 군대 같던 와카쓰키 연구실과는 다른 공간이다. 여러 실험장비들이 분주하게 돌아가고 있고, 흰 가운을 걸친 연구원들이 오고 갔다. 그렇지만 고요하다. 교수가 왔다고 전원이 기립하거나 따로 인사를 하지도 않았다. 자칫 서둘러 움직이다가 실험에 이상이 생기지 않게끔 정해진 룰이다. 교수가 다가가 말을 걸면 돌아보고 질문에 답을 하거나 상황을 보고한다. 한 사람씩 돌아가면서 자기소개를 해 주는데 모두가 환한 얼굴로 따뜻하게 나를 맞이해 준다.

새로 책상도 배정받았다. 먼지 한 톨 없이 깨끗하다. 얼마나 그리워하던 연구실 안의 내 책상인가. 잠시 앉아 보는데 눈앞에 커다란 창문이 있다. 창문 너머로 도쿄돔이 보인다. 잠시 눈가에 눈물이 맺힐 뻔했다. 3년 만에 다시 찾은 내 자리다. 정말 어렵게 되찾은 내 연구실 책상이다.

첫 학기는 하라 교수가 교내 장학생 신청을 해 주어 등록금을 면제받았다. 하지만 다음 학기까지 등록금을 마련하고 앞으로의 생활비를 해결해야 하는 무거운 과제가 내 앞에 놓여 있다.

일본에서 유학생 신분으로 아르바이트를 하려면 먼저 입국 관리소에서 '자격 외 활동 허가서'를 받아야 한다. 그러면 정해진 시간 내에서 일을 할 수 있다. 당장 할 수 있는 일들은 편의점 아르바이트, 음식점 서빙 아르바이트였는데, 일할 수 있는 시간이 법으로 정해져 있다 보니, 한 달에 벌 수 있는 금액이 많지 않았다. 특히 연구에 방해가 되지 않도록 야간에 일을 해야 하는데, 적당한 일자리를 찾기가 어려웠다. 시간이 점점 흐른다. 아빠가 먼저 가서 꼭 부르겠다고, 아직 어린 딸들에게 약속하고 왔는데, 아무리 다리품을 팔아도 셰어하우스 월세를 가까스로 낼 수 있을 정도만 벌 수 있는 상황이다.

밤이 되면 가족이 그립고 사람이 그리워진다. 무사히 도착했다고 한국에 전화를 걸던 첫날 밤, 옆방에서 시끄럽다고 벽을 두드리는 바람에 깜짝 놀랐다. 벽이 얼마나 얇은지 알 수 있었다. 두꺼운 종이 한 장을 사이에 두고 있는 느낌이었다. 이후로는 옷을 갈아입을 때조차도 소리가 날까 봐 조심스러웠다. 그래서 늘 밖으로 나와 아내, 아이들과 통화를 했는데, 마치고 나면 계단에 조금 더 앉아 캄캄한 하늘을 한동안 바라보곤 했다.

선택은 순식간이다. 선택 이후의 상황이 긴 것이다. 때로는 영원처럼 느껴질 만큼 길고, 어떨 때는 포기하고 싶을 만큼 길기도 하다. 끝나지 않을 것 같은 처지를 비관하기도 하고, 때론 후

회하며 절망하기도 한다. 하지만 내가 할 수 있는 최선을 다한 후, 소망을 품고 기다리는 것. 잘 생각해 보면 그것 외에는 내가 할 게 없다.

내가 할 수 있는 것을 하자.

먼저, 여기저기에 알렸다. 만나는 사람들마다 아르바이트가 필요하다며 내 처지를 설명했다.

소식이 들린 건 같은 대학의 한국인 후배로부터다. 교내에 한국인이 몇 명 되지 않아 서로 챙겨 주며 지내던 그 친구가 내 사정을 듣더니 말했다.

"선배, 학원에서 강의를 한번 해 볼래요?"

"응, 무슨 강의? 컴퓨터? 아님 플래시?"

"선배, 영문과 나왔잖아요."

"아, 그렇지!"

"초중고 학생에게 한국식으로 영어문법을 가르칠 선생님을 구한대요."

일본에는 한국인들이 많다. 그중 주재원들은 한국으로 다시 돌아갈 사람들이다. 이들은 자녀들이 돌아가서 다시 한국식 교육을 받을 상황에 대비하고 싶어 한다. 일본에 사는 한국인 초중고생을 위한 한국식 보습학원 시장이 있다는 걸 그때 알았다.

영어문법이라면 자신 있다. 고교 시절 서울역 앞 대일학원에서 성문종합영어 인기 강의 수강권을 밤새워 끊어 가며 배운 기억 때문만은 아니다. 학부 시절 지루해하긴 했어도 어쨌든 나는 고급영문법, 영어구조론을 훌륭히 이수한 영문과 졸업생이 아닌가. 대학 전공이 처음으로 고마웠다. 학원을 찾아가 면접을 봤다.

시범 강의를 하는 날, 초등학교 5, 6학년 친구들 몇 명이 쪼르르 앉아 있는데 이 녀석들이 내 생명줄로 보였다. 그러고 보면 한때 방송 강의도 했던 나 아닌가. 별의별 오버를 하며 아이들의 눈과 귀를 즐겁게 해 주었다. 강의 후 집으로 돌아가서는 테스트를 통해 아이들 실력을 분석한 결과를 전문 컨설턴트들이 쓰는 화려한 양식을 활용해 출력했다. 바로 몇 달 전 회사에서 흔히들 쓰던 양식이다. 출력해 놓고 보니 꽤 근사했다. 학원장에게 보내 학부모 면담 때 사용하겠다고 말했다.

이렇게 해서 나는 신주쿠 보습학원의 영문법 강사가 됐다. 그리고 한 달 뒤에는 그 학원에서 가장 많은 학생을 가르치는 강사가 됐다. 강사와 학원이 수입을 일정 비율로 나누는 시스템 덕에, 생활비는 충분히 해결할 수 있었다. 이 정도면 가족들도 부를 수 있겠다는 생각이 들었다. 아내에게 전화를 했다.

아내와 나는 초등학교 동창 사이다. 같은 동네에서 컸고 내내 같은 교회를 다녔다. 대학에 진학하고 우리는 사귀기 시작했고 무엇을 하며 살아갈 것인지를 고민하며 20대를 함께 보냈다.

내가 매크로미디어에 취직하고, 아내가 국제구호개발기구 월드비전에 취업한 뒤 우리는 결혼했다. 아내는 홍보팀 직원으로 일하며 어려운 시절을 버티기도 했고, 가난하고 소외된 이들과 후원자를 맺어 주는 다리 역할을 하며 보람을 찾기도 했다.

아내가 첫 아이를 임신해서 출산을 앞두고 있음에도 늦게까지 야근을 하고 돌아오던 날들이 생각난다. 아내의 일은 업무량 자체가 많았다. 만삭의 배를 하고서도 하루도 빠짐없이 야근하는 모습을 보고 내가 불만을 털어놓았다. 그런 나를 아내가 오히려 위로했다. 돌이켜 보면 아내는 한 번도 자신의 일에 불평을 한 적이 없다. 아내에게 그곳은 단지 직장이 아니라, 어려운 이들을 도울 수 있고 자신에게 주어진 사명을 실천하는 곳이었기 때문이다.

처음 일본에 갈 때 아내는 육아휴직 중이었지만, 두 번째 체류를 위해서는 10년간 일해 온 한국 월드비전을 떠나야 한다. 아내는 그러겠다고 했다. 나를 먼저 일본으로 떠나보낸 후 가까운 지인들에게 조언을 구하고 책을 읽기도 하면서 조금씩 마음의 정리를 해 왔다고 했다. 그리고 일본 월드비전의 무급 자원봉사자가 되겠다고 했다. 한국에서 홍보팀 직원이었던 만큼 친선대사로 활동하는 유명인들과 함께 동남아시아, 아프리카, 북한까지 출장을 다녀오곤 했던 아내인데, 일본에서는 후원 아동에게 보낼 편지 봉투에 풀칠을 하거나 우표를 가격에 맞게 붙이거나 하는 소일거리를 할 터였다.

  쉽지 않은 결정이지만, 가족은 함께 있어야 한다는 암묵적 동의가 우리 두 사람을 단단히 묶고 있었기에 두 딸과 아내, 그리고 나는 그로부터 한 달 뒤, 하네다 공항에서 기쁘게 재회할 수 있었다. 우리 가족의 두 번째 일본 체류가 본격적으로 시작되었다.

19

지나고 나면 아는 것들

✳

지나고 나면 아는 것들이 있다.

예를 들어, 나의 초기 유학생활을 좌우했던 것은 사람이지만,

사실은 학문이어야 했다는 것.

내가 겪은 일이 고난과 상처로 남지 않을 때는,

그것이 나를 강하게 만드는 과정임을 받아들일 때라는 것.

하라 교수의 연구실

같은 대학의 연구실이라는 게 믿어지지 않을 만큼 하라 교수와 와카쓰키 교수의 연구실은 달랐다. 가장 중요한 차이는 연구 성과에 대한 평가 방식이다. 교수의 마음에 드는 것이 목표였던 와카쓰키 연구실과 달리, 하라 교수의 연구실은 피어 리뷰peer review, 동료 평가를 중심에 둔다. 지금 보면 당연한데, 연구실 경험이라고는 와카쓰키 연구실뿐이던 내게는 새로운 방식이었다.

하라 교수는 좋은 연구를 하도록 돕는 가이드의 역할을 할 뿐이고, 기본적으로는 학생 본인이 연구를 계획하고 실행해야 한다. 스스로 계획하고 스스로 일정을 짜는 시스템은 나로 하여금 저녁 아르바이트가 가능하게 했지만, 내 연구에 대한 묵직한 책임감도 함께 부여해 주었다.

그래서 일주일에 한 번 하는 하라 교수 연구실의 랩미팅에서는 와카쓰키 교수 연구실과는 상당히 다른 종류의 긴장감이 돌았다. 연구실 생활을 통해 '실제로 무엇을 했는가'를 짧은 시간 증명해야 했기 때문이다. 번지르르한 도표와 디자인으로 멋진 발표를 해도 정말로 공부하지 않았다면 교수의 노련한 질문 몇 번에 밑천이 다 드러난다.

'무엇을 정리해 왔는가'가 아니라, '무엇을 아는가'를 알아내기 위한 날카로운 질문들 가운데, 자존심을 상하게 하려는 의도는 없음을 넌지시 알려 주는 따뜻함도 흐른다. 발표를 통해 자신의 바닥이 드러나고, 그럼에도 나를 세워 주려는 배려심을 느낀 학생은 거의 어김없이 훨씬 나은 성과를 들고 다음 발표 순서에 오른다.

좋은 선생님을 만나면 사람이 아니라 오직 학문 때문에 긴장한다는 것을 그렇게 해서 알았다. 학생의 궁극적인 멘토는 어느 개인이 아니라 내가 배우려는 대상 그 자체가 되어야 한다는 것을 가슴에 새겼다. 언젠가 그만한 위치가 되면 나도 반드시 저렇게 하리라.

"조 군, 적조현상 알아요?"

언제쯤 연구 주제를 정해 줄지 궁금해하며 열심히 수업을 따라다니던 날, 하라 교수님이 물었다. 바다를 빨갛게 물들이며 어민들에게 피해를 주는 그 적조현상을 말하는 거였다.

"네, 뉴스에서 본 적 있습니다."

"적조현상을 일으키는 건 아카시오 Heterosigma akashiwo 라는 해상생물이에요. 독성이 있어 한번 발생하면 물고기들이 많이 죽지요. 특히 지구온난화로 적조현상의 피해가 커지고 있어요. 그런데 얼마 전 이 아카시오 안에서 나트륨-칼륨 펌프 Na+-K+ pump 와 유사한 단백질이 발견됐어요."

하라 교수는 나트륨-칼륨 펌프 전문가다. 나트륨-칼륨 펌프는 세포막에 붙어서 나트륨의 농도를 조절하는 단백질로, 우리 몸의 항상성 유지에 아주 중요한 역할을 한다. 하라 교수가 처음 발견한 사실 중 하나는 이 펌프가 동물뿐 아니라 식물에도 존재할 수 있다는 것이었다.

"신기한 일이지요? 동물 세포의 나트륨을 조절하는 펌프가 왜 식물 안에 들어가 있을까요? 이 펌프의 3차원 구조를 컴퓨터로 예측해 보세요. 어쩌면 지구온난화로 인한 적조현상을 해결하는 데 일조할 수도 있으니까요."

나는 지구온난화로부터 세상을 구하라는 명을 받은 듯 비장한 각오로 하라 교수의 말을 한 마디 한 마디 받아 적었다.

우리 몸을 구성하는 세포의 수는 대략 37조 개 정도인데 그 세포 하나하나는 약 4200만 개의 단백질로 구성되어 있다. 이 많은 단백질들이 끊임없이 만들어지고 순환하는 과정을 우리 몸은 너무나 정교하게 해낸다. 이 과정을 진두지휘하는 건 세포의 핵 속에 들어 있는 유전자다. 이는 몸속에 떠다니는 아미노산이 생명활동 유지에 필요한 단백질로 바뀌게끔 조절한다. 이렇게 해서 만들어지는 단백질이 어떤 모양으로 생겼는지, 즉 어떤 3차원 구조를 가지고 있는지를 알아야 어떤 역할을 하는지 예측할 수 있고, 우리 병을 치료하거나 예방하는 약을 개발할 수 있다.

하라 교수로부터 받은 연구 주제는 그러니까 두 가지였다. 나트륨-칼륨 펌프 단백질의 3차원 구조 예측, 그리고 이를 통해 나트륨-칼륨 펌프가 식물에 존재하는 이유를 유추해 보는 것이다.

기존에 나온 단백질 구조 예측 방법들을 동원해서 결과를 확인해 보고 논문을 쓰기 시작했다. 새로운 사실들을 발견할 때마다 학회에 발표를 하면서 연구가 정리되고 성과가 나왔다. 학위 과정이 진행되는 동안 고된 스케줄이 주는 피로와 배우는 즐거움이 늘 공존했다. 내 몸에서 지금도 일어나고 있는 다양하고 정교한 일들의 원리를 깊이 탐구하며 살아 있음의 경이로움을 깨우치기도 했다.

낮이면 나트륨-칼륨 펌프를 공부하고, 밤에는 아르바이트를 하고, 새벽에는 내 공부에 집중하며 하루하루를 성실하게 채우던 시간. 뭔가 하나가 빠져 있는 줄은 내내 몰랐다.

4장

모든 일은 일어난다

이룬 것들의 의미

✳

모든 일은 당신의 가장 완벽한 때에

가장 적절한 방법으로 일어난다.

처음 받아 본 답변

하라 교수님 밑에서 연구를 시작한 지도 어느덧 2년이 흘렀다. 부쩍 커 버린 큰딸은 이제 초등학교 입학을 앞두고 있다. 일본에서 초등학교 새 학기는 대학교와 마찬가지로 4월, 10월에 시작한다. 벌써 몇 달 전에 초등학교 입학 신청서를 제출하라는 통지를 받았는데, 어디에 내야 할지 난감하다. 지금 살고 있는 집은 이번 달까지 비워 주기로 되어 있다. 박사과정도 이제 2개월 후면 졸업인데 이후에 갈 곳이 아직 정해지지 않았다. 졸업을 유예할 수도 있겠지만 하라 교수님이 5개월 뒤에 퇴임할 예정이라 그럴 수도 없는 상황이다.

초조해지기 시작했다. 나트륨-칼륨 펌프를 계속 연구할 수 있는 곳을 찾는 게 우선이었다. 가장 먼저 생각난 곳은 이 연구로 노벨상을 수상한 바 있는 덴마크의 오르후스대학 분자생물학 연구실이다. 여기라면 박사후과정을 할 수 있을 것 같다. 박사후과정은 포닥post doctor의 줄임말이라고도 하는데 박사학위를 받은 후 교수나 연구원으로 채용되기 전, 연구 실적을 좀 더 쌓기 위해 일하는 과정을 말한다.

이곳이 나를 포닥으로 뽑아 주리라 막연히 기대했던 이유는 이 연구실의 책임자인 닛센 교수가 하라 교수와 공동 연구를 해

오던 사이여서다. 하라 교수님이 닛센 교수 앞으로 나를 추천하는 장문의 추천서를 써 주셨다. 이력서, 연구계획서, 그리고 하라 교수의 추천서까지 정성스레 담아 메일을 보내던 날, 마치 이미 그곳 연구실에 채용된 듯한 기분에 덴마크 물가와 생활환경이 어떤지를 알아보기도 했다.

그런데 며칠이 지나도 답장이 오지 않는다. 혹시 모른다는 생각에 비슷한 연구를 하는 연구 그룹 홈페이지를 하나씩 찾아다녔다. 관련 분야 포닥을 뽑는 일본 연구실 한 곳에, 그리고 미국 연구실 한 곳에 추가로 지원했다. 세 곳 중 분명 어딘가는 되겠지 싶었다.

얼마 후, 일본과 미국의 연구실에서 답장이 왔다. 그런데 둘 다 내 연구가 자기네 연구 주제와 맞지 않는다며 채용할 수 없다는 내용이다. 몇 년간 학위를 바라보고 밤늦도록 공부와 아르바이트를 병행하던 나는 그제야 졸업 후를 전혀 대비하지 않고 지내 왔다는 사실을 깨달았다.

심사숙고 끝에 몇 군데를 더 지원했다. 아무 곳에서도 답이 없다. 결국 하라 교수님에게 보채는 듯한 말을 꺼냈다.

"교수님, 전에 추천서 써 주신 닛센 교수로부터 아직 답이 없는데요……."

"아, 내가 한번 연락해 볼게요."

하라 교수님도 마지막 박사과정생인 내가 좋은 곳에 가기를 바라고 있었다. 며칠 후, 덴마크의 닛센 교수로부터 답을 받았다.

우리 연구실에 지원해 주셔서 감사합니다. 당신의 연구
는 매우 인상적이며 훌륭하다고 생각합니다. 그런데 안
타깝게도 당신의 연구와 우리가 하고 있는 연구의 방향
이 달라서…….

이 연구실 저 연구실을 가리며 지원할 처지가 아닌 듯했다.
그동안 저장해 놓은 관련 연구실 홈페이지들을 하나씩 다시 방
문하며 포닥을 뽑든 안 뽑든 이메일을 보내기 시작했다. 하루
에 몇 군데씩 일주일을 지원하니 이제 더 이상 지원할 곳도 없
다. 설마 이 중에 하나는 되겠지.

답장이 오기 시작하는데 이메일 내용이 서로 짜기라도 한 듯
비슷하다. 둘 중에 하나다.

당신의 연구와 우리 연구실의 주제가 맞지 않아서…….

우리 연구실에는 현재 당신을 고용할 만한 충분한 연구
비가 없어서…….

이제는 컴퓨터 기반 구조생물학을 하는 연구실을 다 찾기

시작했다. 내가 만든 단백질 구조와 이를 분석한 결과를 한눈에 볼 수 있게끔 웹사이트도 만들었다. 이력서와 함께 보내는 커버레터, 연구계획서는 날이 갈수록 내용이 방대해지고 있었다.

시간이 계속 흐른다. 그래도 아무 소득이 없다. 구조생물학이라는 테두리조차 벗어 버렸다. 생물학, 생화학, 컴퓨터사이언스, 생명정보학…… 닥치는 대로 메일을 쓰기 시작했다. 지원서에 이것저것 추가 자료를 붙여서 메일의 용량이 점점 커진다. 완벽하다 싶은 지원서를 만들어 놓은 뒤, 받는사람 이름만 바꾸어 쉬지 않고 메일을 보냈다.

매일 새벽 늦게까지 지원하는 일에 매달렸다. 어디에 있는 학교인지도 모른 채 논문의 책임저자 이메일 주소만 보면 무조건 보냈다. 나중에 세 보니 많게는 이메일을 하루에 30통씩 보내고 있었다.

그렇게 마구잡이로 이메일을 보내던 어느 날, 받은메일함에서 처음 보는 제목의 이메일을 보고 얼어붙었다.

당신의 이메일이 스팸메일로 등록됐습니다.

누군가 내 이메일을 스팸메일로 신고했다는 경고의 메시지였다. 멀거니 한참을 있었다. 그제야 정신이 들었다. 내가 뭘 하고 있는 거지?

박사학위까지 마치면 나머지는 다 잘될 줄 알았다. 하지만 학위는 아주 기본적인 출발선에 세워 주는 역할에 불과했다. 그동안 학회를 다니며 인맥을 쌓은 것도 아니고, 영향력이 큰 논문을 쓴 것도 아니며, 그냥 우리가 볼 일이 거의 없는 해상생물의 단백질 하나를 연구했을 뿐이다. 누가 이메일 한 통 받았다고 나를 불러와 쓰겠는가. 기대했던 것과 다른 암담한 현실에 나는 그만 당황해서 전 세계로 스팸메일을 보내고 있었다.

한국과 일본을 오가며 내가 할 수 있는 것을 하고 기다리자는 마음을 잊은 적이 없었다. 그런 노력 덕분에 아무리 높아 보이는 장애물도 뛰어넘을 수 있었고 어려운 시간들도 견딜 수 있었다. 그런데 이번에 당신의 노력이 '쓰레기'라는 답장을 받은 것이다. 어디서부터 잘못된 걸까.

우리 삶에 가득한 것들

＊

"하지만 세상이 생각대로 되지 않는다는 건 참 멋지지
않아요? 생각지도 못했던 일이 생긴다는 뜻이잖아요."
— 루시 모드 몽고메리, 《빨간 머리 앤》에서

생각지도 못한 일은 늘 일어난다.
그리고 이를 바라보는 시선이
어떤 삶을 사는지를 결정한다.

기대가 아닌 소망

졸업이 코앞으로 다가왔는데 생각대로 되는 게 아무것도 없었다. 살고 있는 집에서는 나가야 하는데 졸업 후 어디로 가야 할지가 정해지지 않아 이사는커녕 아이 초등학교 입학 신청서도 못 내고 발을 동동 구르고 있었다.

하루는 아내가 월드비전 자원봉사를 하며 만난 우치다 상의 이야기를 꺼냈다. 나란히 앉아 편지 봉투에 우표를 붙이며 가까워진 우치다 상에게 이사 갈 곳을 찾고 있는 우리 상황을 이야기했단다. 사정을 들은 우치다 상은 그 자리에서 한 가지 제안을 했는데, 아들의 신혼집으로 구해 놓은 집이 5개월 정도 비니 일단 들어와 약간의 월세만 내고 살면서 갈 곳을 알아보는 게 어떻겠냐는 것이었다.

다음 날 우치다 상과 함께 우리 가족 모두가 가서 그 집을 보았다. 우리 형편으로는 구하기 힘든 고급 맨션이다. 연구실이나 학원 가기에도 좋은 위치고, 가까운 거리에 평판 좋은 초등학교도 있다. 아내와 나는 일단 이 집으로 들어와 큰아이를 이곳 초등학교에 보내기로 했다. 천만 다행이었다. 더 늦었으면 자칫 아이 입학 문제로 어려움을 겪을 뻔했다.

이사를 마치고 깔끔하게 정리된 맨션에 누워 한숨 돌렸다.

큰아이와 작은아이가 거실에서 신나게 뛰논다. 전혀 뜻하지 않던 경로를 통해 어려움이 해결된 것이 기쁘기도 하지만, 초조함 가운데 수백 통의 메일을 보낸 그간의 노력들이 허탈하기도 했다. 열심을 다하고 기다렸는데 내 노력은 아무것도 해결해 주지 못했다. 할 수 있는 것을 하고 기다리자던 다짐이 나로 하여금 '이만큼 노력했으니 당연히 이 정도는 되어야 한다'는 기대를 품게 했던 것 같다. 그리고 그 기대는 여지없이 무너졌다.

이 상황, 과거 어느 때와 닮아 있다. 와카쓰키 교수의 장학금 중단으로 한국으로 돌아온 직후, 온종일 이력서를 쓰던 때와. 그사이 스스로 많이 달라졌다고 생각했는데 여전히 비슷한 상황 속에서 똑같이 허탈해하는 나를 발견한다.

인도에서 만났던 선교사들이 떠올랐다. 그때 본 사람들의 이름도, 그 후에 그들이 어찌되었는지도 전혀 모르지만, 그들을 만난 지 20여 년이 넘은 지금도 여전히 내 삶의 중요한 순간에는 그들이 등장한다. 그들은 생각대로 되지 않는 상황, 심지어 목숨이 위태로운 상황 속에 놓여 있었다. 하지만 그들은 농담을 던질 여유가 있었고, 이기적인 청년 하나를 받아줄 넉넉함이 있었으며, 결국 20대의 나에게 가장 위험한 곳으로 떠나는 모습을 보게 했다. 자신보다 더 큰 존재가 호의적임을 믿고 힘차게 걸음을 내딛는 모습을.

태어났을 때 이미 세상은 존재했고 나의 부침과 상관없이 시간은 공평하게 흐른다. 이것을 '이미 행복한 세상'이라고 표현해 보니, 행복하지 않은 원인을 세상에서 찾을 게 아니라 내 안에서 찾아야 한다는 뜻으로 다가온다. 내가 바꿀 수 없는 부분에 원인을 두어 끝없이 원망하고 불평하기보다, 세상과 나의 경계를 파악해서 나를 지키고 내 생각을 지키는 것. 세상과 분리된 내가, 긍정적이고 확신으로 가득한 작은 선택들을 계속해서 만들어 가는 것. 이것이 세상이 주는 결과에 일희일비하지 않고 기쁨으로 살아가는 모습이 아닐까. 나를 찾아오는 세상의 어떠한 일들도 기쁨으로 받아들이고 장차 올 수도 있는 일들에 소망을 품는 것. 이러한 결단은 누구도 나를 대신해서 해 줄 수 없다.

이메일 보내기를 중단했다. 준비가 되면, 내가 반드시 있어야 할 곳이 스스로 나를 찾아올 것임을 믿고 침착하게 기다리기로 했다. 어쩌면 우치다 상의 호의로 5개월의 시간을 벌어서 여유가 생겼기 때문일 수도 있다. 하지만 내 마음이 조금 더 성장한 덕분이라고 생각하는 건, 이때를 기해 '이만큼 했으니 반드시 이만큼은 되어야 한다'는 기대를 더 이상 하지 않게 되었기 때문이다. 마음의 짐을 벗어 놓으니 뛰던 걸음을 늦추고 조금 천천히, 하지만 확실히 한 걸음씩 내딛을 수 있었다.

생각지도 못한 일은 늘 일어난다. 내 인생에 하라 교수가 등장한 것도, 그를 통해 단백질 구조를 공부한 것도, 더 거슬러 올라가서는 유학을 제안받아 일본에 온 것도, 모두 생각지도 못한 일들이다. 그 일들을 어찌 바라볼지에 대한 선택은 늘 내게 있었다. 내 생각대로 되지 않는 세상에 실망하며 돌아서기보다, 소망을 품고 앞으로 일어날 일들을 기다리며 살기. 세상이 내게 호의적이라는 확신을 가지고 '일'들 너머의 세상이 결국은 내 편이라는 믿음으로 살아 보기.

나는 상황이 만들어 놓은 틀에서 벗어나는 방법을 계속해서 배워 가는 중이었다.

22

지금의 시간

*

우리의 삶은 태어나는 그 시간부터

죽는 시간까지만 존재한다.

우리 앞에 놓인 모든 것들은 시간에 철저히 종속된다.

그래서 '나는 왜 존재하는가'라는 질문은,

'시간은 왜 존재하는가'라는 질문과도 통한다.

시간의 처음은 언제일까.

언제부터 시간은 시간이 되었을까.

곧, 생명

3월이 됐고, 오지 않을 것 같던 학위 수여식 날이 왔다. 7년 전, 엉뚱한 열차를 타고 반대편 종점에 도착하면서 시작된 유학생활이 드디어 끝났다. 하지만 박사학위를 받아도 매일매일의 상황은 그대로다. 아침 일찍 연구실로 출근해 하던 연구를 계속하고 오후부터 밤까지는 학원에서 강의를 한다.

그로부터 두 달쯤 더 지난 날, 하라 교수님이 내 자리로 찾아와 함께 갈 곳이 있다고 하셨다. 우리가 있던 건물에는 생화학 및 화학 실험실이 많은 한편, 한 건물만 지나면 컴퓨터를 이용해 연구하는 생명정보학 연구실이 있었다. 이곳의 책임자는 다카하시 교수인데, 이분에게 내 이야기를 해 놓았으니 가서 인사를 하자는 것이다. 하라 교수님이 직접 어디를 함께 가자고 한 적은 처음이라 긴장됐다. 당시 생명정보학과는 인간 게놈 해독 소식과 더불어 소위 '뜨는 전공'으로 주목받고 있었다.

다카하시 교수의 연구실은 하라 교수 연구실의 족히 서너 배는 돼 보이는 규모였다. 책상이 빽빽하게 들어차 있고 책상마다 연구원들이 각자 컴퓨터 화면을 보면서 무언가를 열심히 하고 있었다. '생명정보학과 교수 다카하시'라는 이름이 새겨진 방의 입구로 들어서니 중년의 여성이 일어나 인사를 한다. 아, 다카하시 교수님인가, 하고 나도 공손히 인사하는데 다카하시 교수의 비서라고 자신을 소개한다. 나중에 알았지만 다카하시 교수는 비서만 네 명을 두고 있었다. 비서를 따라 안쪽으로 더 들어가니 회의실이 나오고 여기를 지나고 코너를 다시 돌아야 다카하시 교수실이 나왔다.

비서가 노크하자 다카하시 교수가 문을 연다. 하라 교수와 서로 굽신굽신하며 인사를 한다. 둘이 전에 함께 진행했던 무슨 프로젝트를 또 한참 이야기하는데, 무슨 내용인지 모르겠어서 가만히 앉아 있을 수밖에 없었다. 이야기 말미에 하라 교수가 드디어 나를 소개한다. 이 친구가 그 친구라고. 다카하시 교수가 처음으로 나에게 말을 건다.

"오, 단백질 폴딩하는 친구요?"

그제야 다카하시 교수에게 내 소개를 했다.

"안녕하십니까, 조태호라고 합니다. 하라 교수님 지도로 나트륨-칼륨 펌프 구조를 예측해서 얼마 전 학위 과정을 마쳤습니다."

"아, 좋네요, 좋아요. 비서에게 얘기해 둘게요."

그날 대화의 끝이었다. 하라 교수님이 마무리 인사를 했다. 그러고는 우리 연구실로 돌아왔다. 말하자면 면접을 본 건데, 나는 딱 한마디를 했을 뿐이다. 과연 이렇게 해서 이 큰 연구실에 자리를 얻을 수 있다는 말인가?

혹시나 하는 마음으로 연락을 기다렸지만, 다음 날도, 그다음 날도 연락이 없다. 우리 가족을 먹여 살리는 건 예나 지금이나 학위가 아니라 아이들을 가르치며 받는 학원 강사 수입이다.

다카하시 교수 연구실에서 연락이 온 건 그후로 한 달이 더 지나서였다. 졸업 후 3개월, 하라 교수실이 문을 닫기까지 2개월이 남았을 때 다카하시 교수의 비서에게서 이메일을 받았다.

조 선생님, 다카하시 교수 연구실에서 조교로 일하실 수 있는 서류 준비 과정이 모두 끝났으니, 내일부터 출근하세요.

휴, 다행이다! 결국은 일자리를 구하는구나. 바로 내일 출근이라니, 갑작스럽기는 해도 드디어 연구를 제대로 시작할 수 있을 것 같다. 저녁에 학원에 가서 이 사실을 알렸다. 조교로 일하게 되어 학원을 그만두어야 할 것 같다고. 학원장은 축하한다면서도 아이들을 어찌할지 걱정했다. 몇 명씩 다른 반으로 이동시키기로 하고 새로운 반 편성을 마칠 때까지 얼마간 더 나가기로 했다. 수업을 마치고 집에 돌아와서는 부산스럽게 내일 출근을 준비했다.

이튿날, 생명정보학 연구실로 출근했다. 비서의 안내로 다카하시 교수실에 들어가 인사를 마치고는 회의실로 향했다. 책상에 계약서와 펜이 놓여 있다. 오늘부터 일하는 걸로 되어 있으니까 여기에 사인만 하면 된다고 비서가 알려 준다.

계약서를 훑어 보니 직급명은 특임조교, 영어로 Project Assistant Professor라고 되어 있다. 계약 기간은 1년이고, 1년 후 성과에 따라 계약을 연장하거나 보직 심사 대상이 된다고 되어 있다. 그저 모든 것이 감사하다는 생각을 하며 계약서를 쭉 읽어 내려갔다. 그러다 한 문장에서 시선이 멈췄다.

"월급은 15,000엔으로 한다."

잠깐만 뭐? 15,000엔이면 우리 돈으로 월급이 15만 원이라는 소리다. 뭔가 잘못된 것 같아서 비서에게 물었다.

"이거 월급이……."

"네?"

"월급이 15,000엔이라고 쓰여 있는데……."

여기까지 말하고 비서 얼굴을 보는데 계속 진지한 표정이다. 그제야 월급이 이게 맞나 보다는 생각이 들었다.

"마, 맞는 거죠?"

"네."

아무렇지 않은 표정을 지으려 애쓰는 나를 물끄러미 쳐다보는 비서의 시선이 느껴진다.

조교 월급이 15,000엔이다. 사인할 수밖에 없었다. 나중에 이런 월급을 받는 '특임'조교가 학교에 여러 명 있다는 사실을 알았다. 15,000엔은 차비를 준다는 의미라고 한다. 박사를 마쳤는데 정규 포지션을 찾지 못한 사람에게 학교가 조교 직함을 주고 대신 조교는 취업 전까지 거의 무급으로 학사에 보탬이 되라는 의미다.

비서가 내 자리를 안내해 준다. 연구실 한가운데, 학생들 책상이 쭉 이어진 곳 중 빈 책상이다. 칸막이로 나누어지기는 했지만, 프라이버시는 전혀 없을 것 같은 공간이라 누가 와도 좋아할 법한 자리가 아니다. 옆에 앉아 있는 사람들에게 인사도 안 시켜 주고, 누군지도 모르는 학생에게 내가 먼저 인사하기도 뭐해서 뻘쭘하게 혼자 앉아 노트북을 가만히 펼쳤다. 책상에 뻗어 나와 있던 랜선을 꽂으니 인터넷은 연결된다. 그렇게 몇 시간쯤 앉아 있다가 조용히 아르바이트를 하러 나왔다.

학원장에게 조교가 된 건 맞는데 학원에서 일은 더 해야 한다는, 민망한 이야기를 꺼냈다. 그런데 어제 오늘 사이 벌써 몇몇 아이들은 새 반으로 편성되어 부모님과 선생님 들께도 이야기를 마친 상황이란다. 난처해하는 학원장을 보며 아직 남은 아이들만 그냥 맡겠다고 했다.

집에 도착하니 밤 12시가 다 되어 있었다. 늘 이쯤에 일이 끝나지만 이날따라 더욱 지친 나를 아내가 맞아 주며 조교 첫날은 어땠냐고 묻는다. 우물거리다가 15,000엔짜리 계약서를 꺼냈다.

아무 말 없는 나에게 괜찮다고, 열심히 해서 더 좋은 곳을 구하면 되지 않냐고 아내가 위로해 준다. 자기도 일할 곳을 알아보겠다고 한다.

잠자리에 누웠지만 잠이 올 것 같지 않다. 계속해서 연구할 곳을 찾아봐야겠다는 생각에 지친 몸을 다시 일으켜 책상에 앉았다. 그런데 도무지 뭔가를 하고 싶지가 않다. 멍하니 있으면서 시계를 본다. 1초, 1초…… 아마도 그날 밤처럼 1초, 1초를 온몸으로 느꼈던 때가 또 없었을 듯싶다.

'시간은 언제부터 시간이었는가'라는 질문은 참 답하기가 힘들다. 시간이 없는 상황 자체를 이해하기 어렵기 때문이다. 빅뱅이론에 따르면 우주를 구성하는 물질과 시간은 한점에 모여 있던 무언가가 폭발하며 시작되었다. 그럼 그 폭발 전에는 무엇이 있었는가? 천문학자와 물리학자 들에게도 이 질문은 어렵다. 빅뱅 이전의 것은 관측할 방법이 없기 때문이다.

우리는 시간이 존재한 뒤에 태어나 시간의 흐름 속에서 살고, 우리에게 주어진 시간이 끝나면 숨을 거둔다. 우리는 시간을 다양하게 인지하며 살아가지만 분명한 것은 우리의 생명이 시작되기 전이나 끝난 후의 시간은 우리의 것이 아니라는 점이다. 우리에게 주어진 시간이 곧 우리의 생명이다.

내 생명, 곧 내게 주어진 시간은 태어나는 순간부터 지금까지 멈추지 않고 연속적으로 흘러왔다. 이것이 우리로 하여금 그 안에서 일어나는 일들도 연속적인 것으로 착각하게 만들기 쉽다. 하지만 우리가 만나는 일들은 연속적이거나 인과적이지 않다. 내가 지금 겪는 일들이 3년 전 일의 결과라고 혹은 5년 전 일의 결과라고 단언할 수 없고, 내가 내일 겪을 일들이 어디서부터 시작된 일의 결과일지도 예상할 수 없다. 오늘 겪은 일은 내일 맞이할 일과 서로 독립적이므로 오늘의 슬픔을 내일로 가져갈 필요가 없다는 뜻이다. 지나간 일은 지금의 나에게 영향을 끼치지 못하는 과거의 것이다. 우리는 예상했던 일이 찾아오든, 생각지 못했던 일이 찾아오든, 새로운 마음으로 그 일을 맞으며 내가 할 수 있는 그때그때의 최선을 해 나갈 뿐이다. 내게 주어진 1초 1초의 시간을 아는 것 자체가 생명임을 인지하면서.

컴퓨터를 켰다. 다카하시 교수실의 연구 실적을 하나씩 들여다보며 그곳이 어떤 곳인지 알아보기 시작했다.

23

여기의 공간

✳

우리가 종속될 수밖에 없는 또 다른 하나는 공간이다.

사람은 공간 속에서 시간을 통해 존재한다.

"당신은 지금 어디 있습니까?"

이 질문이 중요한 건 시간과 공간을 묻고 있어서다.

"지금 여기 있습니다"라는 답은 그래서

존재에 대한 명료한 답변이 된다.

깨어 있기

다카하시 교수 연구실 정기 랩미팅이 있는 날이었다. 연구실 학습 분위기를 파악할 수 있는 좋은 기회라고 여기며 참가했다. 큰 교실에 50여 명에 이르는 대학원생과 교직원 들이 모두 모이고 교실 중심에 다카하시 교수가 앉는다. 그 옆과 뒤에는 부교수, 준교수, 조교수 들이 둘러싸듯 앉는다.

랩미팅은 학생 두 명이 준비된 발표를 하며 진행된다. 그런데 특이한 점이 있었다. 다카하시 교수가 가끔 눈을 감고 잠을 잤다. 바빠서 피곤한가 보다 했는데, 그가 자면 학생은 당황하고 주변의 교수 무리들은 발표자에게 날선 질문을 해댔다.

미팅이 끝날 때쯤, 그의 잠은 일종의 퍼포먼스라는 걸 알았다. 세상 편한 얼굴로 "좋네요" "훌륭해요"라는 코멘트를 하거나 꾸벅꾸벅 조는 듯 보이지만, 다카하시 교수는 팽팽한 긴장감 가운데 미팅을 이끌고 있었다. 발표가 너무 시원찮으면 눈을 감는 정도가 아니라 아예 드르렁 하고 코를 고는 모습을 보였다. 그럴 때마다 화들짝 놀라는 학생과 교수 들의 얼굴이 너무 웃겨서 하마터면 풉, 웃음소리가 새어 나올 뻔했다.

이 연구실 특유의 분위기에 조금 익숙해지자, 나도 다카하시 교수가 '자면' 다른 교수들처럼 뭔가 일조를 해야겠다 싶었다.

내 존재를 알리고 싶었다. 하지만 마음만 있을 뿐 좀처럼 말할 기회가 생기지 않았다. 한 학생이 '단백질 구조 예측'이라는 제목으로 발표를 시작하기 전까지는.

그 학생은 내가 수십 번 경험했던 툴을 설명하고 있었는데 발표에 살짝 빈틈이 보였다. 지금을 놓치면 기회가 없을 것 같아서 발표 도중 손을 들고 연구실에 합류한 이후 첫 질문을 했다.

"저 그 부분은 그렇게 설정하시면 안 됩니다. 아, 이건 기초인데요……."

대단한 게 아니라는 의미로 '기초'라는 말을 꺼냈는데 기초도 모르냐는 문장이 되는 걸 느끼면서 아차 싶었다. 게다가 잠깐, 조금 전 다카하시 교수가 자고 있었나? 모르겠다. 그냥 나오는 대로 말을 다 해 버렸다. 알고 있는 바를 있는 대로 꺼내어 말하다가 "아무튼 그 부분은 처음부터 다시 해야겠어요"라는 말로 코멘트를 마쳤다. 발표자의 얼굴뿐 아니라, 장내 분위기가 그야말로 얼어붙은 듯 차가워졌다.

이 학생에게 도움을 주기 위해서가 아닌, 그저 나를 위한 코멘트였다는 생각에 미팅 후 민망하기도 하고 미안하기도 했다. 게다가 이 발표자가 누군지 나중에 알게 됐는데 이름은 신지, 4년제 박사과정의 4년 차 학생이다. 즉, 이 연구실 최고참 중 한 명이며, 다카하시 교수가 4년간 지도한 학생이었다. 그런 그에게 초면에 기초부터 다시 하라고 해 버린 셈이다.

미안함이 걱정으로 바뀐 건, 특임조교도 순서가 되면 다른 학생들처럼 그간의 연구 결과를 발표해야 한다는 사실을 알고 나서다. 내 이름이 발표자 명단에 포함되어 있는 공지를 본 순간부터 불안했다. 그리 잘난 척을 했으니 사람들이 나에게 어려운 질문으로 되받아칠 것 같다. 모두 앞에서 망신을 당하고 애써 소개해 준 하라 교수에게 폐를 끼칠까 봐 조마조마했다. 초조함에, 밤잠을 설치며 발표 준비를 했다.

랩미팅 당일, 단백질 구조 예측의 기본에서부터 현황, 그리고 이온 수송의 경로를 계산하는 과정을 보여 주는 발표를 했다. 이제 질문을 받을 시간이다. 질문 있냐고 물으니, 저 뒤에서 누군가 손을 든다. 아…… 신지 군이다. 올 것이 오는가.

"발표 잘 들었습니다. 그런데 OOO에 대한 부분이 없는 것 같은데요."

이게 질문인지 코멘트인지 모르겠어서 어물거리는데 부교수 중 한 명이 이를 받아 설명한다.

"에, 그 부분에 대해 보충하자면……."

머뭇거리고 있는 나를 두고 신지 군과 부교수가 두어 차례 더 대화를 주고받는다. 그러다 다른 교수가 끼어들어 또 다른 이야기를 한다. 그사이 나는 이들이 무슨 이야기를 하는지를 놓쳐 버렸고, 모르는 이야기를 하니 그냥 가만히 서 있을 수밖에 없었다. 꽤 한참을 그리 서 있다 조용히 단상에서 내려왔다.

기분이 좋지 않다. 나에게 뭐라고 한 건 아닌데 왜 나에게 뭐라고 한 것 같지? 말로 할 수 없는 애매함을 통해 무언가를 이야기하는 느낌이, 와카쓰키 교수 연구실과 비슷하다. 그러고 보니 이 연구실의 선후배 관계도 그곳과 비슷해서, 신지 군이 뭔가를 필요로 할 때 후배 학생들이 뛰다시피 움직이는 걸 자주 보았다. 이런 분위기를 진작 파악했더라면 오자마자 이 친구에게 그렇게 말하진 않았을 거다. 앞날에 대한 걱정으로 지금 처한 상황에 무관심했던 결과다. 이곳에서의 생활에 좀 더 집중하기로 했다.

처음 보는 사람들과 낯선 곳에서 생활을 해 나가는 동안 한참 잊고 있었던 것들이 계속해서 되살아났다. 말하지 않지만 무언가를 말하는 분위기, 공기를 읽지 못하면 낙오된다는 위기감, 다른 이들의 일거수일투족을 긴장감 속에서 관찰하던 시간들. 와카쓰키 연구실에서 겪었던 것들이다. 그때는 그저 모든 게 이상하고 어려웠는데, 그 공간과 오버랩되는 순간들을 맞이하는 지금은 느낌이 또 많이 다르다.

지금 여기에 집중해서 내 주위에서 발생하는 많은 것들을 놓치지 않고 살피는 일. 이것이 나를 깨어 있게 만드는 것 같았다. 내가 보내고 있는 1초 1초의 시간을 점검하고 있다는 생각도 들었다. 오지 않은 것을 걱정하지 말고 지금 여기에 집중하자. 급

여가 얼마든 어떤 대접을 받든, 이 연구실에 소속된 이상, 이곳의 연구에 공헌하자.

세계 단백질 구조 예측 대회 CASP, Critical Assessment of protein Structure Prediction 참여는, 이런 과정과 다짐으로 내린 결정이었다. 이 대회는 최신 기술을 사용해 단백질 구조를 얼마나 정확하게 예측하는지를 경연하는 대회다. 2년에 한 번씩 개최되는, 전 세계 관련 연구실이 참여하는 국제대회다. 이 대회에 관하여 알고는 있었지만 내가 직접 참가할 생각은 해 본 적이 없다. 하지만 내가 했던 연구와 지금 이 연구실의 공통 분모가 단백질 구조 예측이라는 데 생각이 미치자, 다카하시 교수가 허락한다면 도전해 보는 게 어떨까 싶었다. 어렵고 힘들겠지만 그게 내가 이 연구실에 공헌할 수 있는 최선이라면 한번 해 볼 만했다. 다카하시 교수는 흔쾌히 승낙했다.

24

알 수 없는 것이 있다

✻

메리 아줌마가 케이크를 들고 나타났다. 아이들이 모여든다. 맛난 케이크를 먹을 생각에 들떠서 아줌마에게 묻는다.

"아줌마, 웬 케이크예요? 이걸 왜 만들었어요?"

아줌마는 빙긋 웃기만 할 뿐 아무 말도 하지 않는다. 아이들은 이 케이크가 왜 만들어졌는지 끝내 알 수 없었다. 하지만 케이크는 너무나 맛있었다. 그거면 되었다.

어떤 건, 만든 자가 알려 주기 전에는 그것이 왜 만들어졌는지 결코 알 수 없다.

없다가 있게 되는 것들

다카하시 교수가 단백질 구조 예측 대회에 함께 참가할 사람은 자원하라고 연구실에 공지했다. 하지만 이 대회에 나가겠다는 사람이 나 말고는 아무도 없다.

연구실에 앉아 기존 대회의 결과들을 혼자 정리하기 시작했다. 당시 종합평가 기준으로 최고 팀은 8년 연속 1위였던 미시간대학교의 양장 교수 팀, 새로운 아이디어로 언제나 주목받던 워싱턴대학교의 데이비드 베이커 교수 팀, 그리고 기계학습을 접목해 그 뒤를 바짝 따르던 미주리대학교의 지알린 챙 교수 팀이었다.

단백질 구조 예측에는 크게 두 가지 방법이 있다. 첫째, 기존 구조들을 템플릿으로 삼아 예측하는 방법, 둘째, 아무것도 이용하지 않고 오직 계산으로만 구조를 예측하는 방법이다.

나는 박사학위를 위해 줄곧 첫 번째 방법을 써 왔다. 템플릿을 쓰는 쪽이 훨씬 더 높은 정확도를 보이기 때문이다. 이를 위해 내가 써 온 툴은 UC샌프란시스코의 살리 교수가 개발한 '모델러'라는 소프트웨어였다. 대회에 참가해 보자는 용기를 낸 이유는 참가팀들의 상당수가 모델러를 이용한다는 점을 알고 있어서다. 모델러를 이용해 기본적인 결과를 만든 다음, 여기에 저마다 독특한 아이디어를 결합해서 최적화 과정을 거치는데, 모델러라면 나도 하라 교수와 논문을 준비하며 수백 번 돌려 본 터다.

다만 최적화하는 방법을 구하는 게 문제였다. 나만의 방법을 찾아야 했는데, 이 과정에서는 미주리대학교 팀이 공개한 소스코드와 이스라엘 벤그리온대학교 첸 카이저 교수 팀의 논문이 큰 도움이 됐다. 특히 카이저 교수는 'LBFGS'라는 이름의 최적화 알고리즘을 누구나 적용할 수 있게끔 공개했는데 그동안 이를 쓴 참가팀이 없었다는 사실도 알게 됐다.

머릿속에 그려진 방법대로 하나씩 실행해 본다. 먼저 모델러를 쓰고 카이저 교수의 최적화 방법을 결합한다. 모르는 게 있으면 해당 교수들에게 메일을 써서 물어봐 가며 하루하루 대회를 준비했다.

하라 교수님의 정년퇴임식은 대회 준비가 한창이던 때 열렸다. 잠도 제대로 못 자는 형편이었지만, 퇴임식만은 곁에서 도와드리고 싶었다. 그 전날부터 조교와 함께 테이블을 점검하고 손님맞이할 준비를 했다.

생각보다 훨씬 많은 사람들이 왔다. 나는 손님들에게 자리를 안내하며 순서지를 나누어 주느라 분주했다. 퇴임식은 먼저 귀빈 축사가 있고, 학과장이 하라 교수의 연구 업적을 하나씩 이야기한 후, 하라 교수가 '마지막 수업'을 하는 순서로 진행됐다.

하라 교수의 마지막 수업은 엄숙하리만큼 조용한 분위기에서 이루어졌다. 나트륨-칼륨 펌프에 대한 발견들을 소개하는 수업이 끝나자마자 우레와 같은 박수가 터졌다. 동시에 사람들이 꽃다발을 앞으로 가지고 나와서 하라 교수에게 안겼다. 꽃다발 행렬이 끝없이 이어졌고 두 손이 모자라 바닥에 내려놓을 수밖에 없는 꽃다발은 내가 넘겨받아 차곡차곡 정리했다. 꽃다발이 알록달록 단상을 채우는 동안 진정한 스승께 보내는 아름다운 박수소리가 멈춤 없이 계속됐다. 하라 교수가 배출한 마지막 박사학위 수여자인 나에게도 많은 분들이 격려를 해 준다. 묵직한 책임감이 가슴을 눌렀다. 거장의 마지막 모습을 잊지 않기로 했다.

그 자리에서 우연히 하라 교수의 후임으로 새로 온 히토시 교수를 봤다. 미남형이었고, 제법 젊어 보였다. 별다른 표정 없이 자리에 앉아 있는 그가 나와는 관계없는 사람일 줄 알았는데, 아니었다.

일본에서 졸업을 하면 6개월간 비자를 연장할 수 있다. 여기에 한 번 더 6개월 연장이 가능해서 도합 1년간 취업을 알아볼 수 있는데, 각각의 연장을 위해서는 졸업한 학과의 지도교수 도장을 받아야 한다. 처음 6개월은 당연히 하라 교수님이 보증을 해 주며 도장을 찍어 주었다. 그런데 다시 6개월을 연장하기 전, 하라 교수님이 정년퇴임을 한 것이다. 정규직으로 일하고 있는 처지가 아니었기에 해당 학과의 새로운 책임자인 히토시 교수에게 찾아가 도장을 받아야 했다.

그런데 비자 연장 문제로 그를 찾아갔을 때, 뜻밖의 대답을 들었다. 자기가 지도한 학생이 아닌데 무엇을 보고 나를 보증해 주느냐는 차가운 답변이었다. 내가 이전 학기까지 여기서 공부했던 학생이고 지금은 옆 건물에서 일하는 조교라고 해도, 그는 전혀 듣지 않았다.

허망하게 돌아오면서 생각해 보니 이거 작은 문제가 아니다. 그의 도장을 못 받으면 당장 다음 달에 비자가 끝나고 단백질 구조 예측 대회고 뭐고 그냥 한국으로 돌아가야 한다. 어쩔 수 없이 하라 교수님께 연락을 해서 사정을 알렸다. 다음 날, 하라 교수님은 나와 함께 바로 직전까지 자신의 교수실이던 히토시 교수실을 찾았다.

전임 교수가 오셨으니 깍듯이 대할 줄 알았는데, 히토시 교수의 반응이 미지근하다. 하라 교수가 직접 부탁을 하는데도 내게 했던 것과 비슷한 이야기를 한다. 하라 교수님 표정이 좋지 않다. 잠시 생각하더니 알았다고 하면서 자리에서 일어나신다. 밖으로 나오며 방법을 알아볼 테니 오늘은 이만 헤어지자고 하신다. 감사하다고 인사하고 헤어지면서 만일 끝까지 히토시 교수의 도장을 못 받으면 어쩌지 하는 두려움을 잊기 위해 노력했다.

*

단백질 구조 예측 대회의 진행 순서는 이렇다. 총 60개의 문제가 하루 두 개씩 한 달 동안 출제된다. 각자 자신의 연구실에서 인터넷으로 문제를 다운받아, 가지고 있는 기술을 총동원해 예측에 들어간다. 그 결과를 다시 인터넷으로 주최 측에 보내면 대회 주최 측은 이를 모아 연말에 최종 순위와 결과를 발표한다. 그러므로 대회가 개최 중인 한 달 동안은 긴장을 늦출 수 없었다.

열심히 준비했지만 모델러에 템플릿을 포함시켜 1차 단백질 구조를 만들고 벤그리온대학 팀의 방법으로 최적화한다는, 나의 예측 계획에 여전히 문제는 많다. 예를 들어 모델러가 만드는 결과물이 한두 개가 아닌데 이 중에 무엇을 뽑아서 최적화 과정을 적용할지의 문제다. 이를 정하는 알고리즘을 아직 다 공부하기 전에 대회가 시작돼 버렸다. 혼자 하다 보니 시간도 여력도 없다.

2010년 8월 20일, 단백질 구조 예측 대회가 시작되었다. 그냥 제일 처음에 나오는 결과물로 최적화 과정을 진행할 수밖에 없었다. 처음 것이 너무 엉망이면 두세 배수 정도 더 뽑아서 그

중에 가장 괜찮아 보이는 걸 눈으로 보고 골랐다. 이 과정이 내 자신감을 확 떨어뜨렸다. 올해는 170개 팀 정도가 참여했다는 데, 나 혼자 준비하고 있지만 학교 이름을 걸고 나가는 이 대회 에서 최하위권이면 어쩌지 하는 걱정이 날이 갈수록 더해졌다.

그런 와중에 우치다 상의 아들 결혼식이 다가오고 있었다. 맨션에서 나가야 하는 날이 머지않았다. 그동안 살 곳을 틈틈이 알아보기는 했다. 그중 히카리가오카라는 동네가 아이들 다닐 학교도 괜찮고 살기도 좋아 보여 그곳으로 이사 갈 방법을 궁리 하고 있었다. 하지만 도무지 이사자금이 모이질 않는다. 지난번 에 학생들을 다른 반으로 보낸 뒤로 학원 수입이 예전 같지 않 아서다. 학원에는 나 말고도 훌륭한 선생님들이 많다. 내가 그 만둘지도 모른다는 소식이 알려지자 부모님들이 더는 학생을 맡기려 하지 않는다.

비자 문제, 이사 문제까지 나를 짓누르는 상황이다. 무엇보 다도 힘든 건, 박사학위를 받은 지 수개월이 지나도록 면접 한 번 보지 못한 채 월급 15,000엔을 받으며 밤을 새워 단백질 구 조를 예측하고 있다는 현실과 마주하는 일이었다. 왜 여기 참 가한다고 했는지 후회가 된다. 내가 잘하고 있는지 확신도 없 고, 아무리 해 봐야 이마저도 비자 연장이 안 되면 다 끝인 것 아닌가. 홀로 갈등하고 고민하고 결정하는 시간을 보내며 어쨌 든 30일간, 60개 단백질의 구조를 완성해서 제출했다.

"대회 운영위입니다."

몇 주 후, 낯선 제목의 이메일을 한 통 받았다. 단백질 구조 예측 대회 주최 측이 보낸 이메일인데, 12월 샌프란시스코에서 열리게 될 결과 발표회 및 컨퍼런스에 오라는 내용이다. 꼼꼼하게 읽지 않고 평소 하던 대로 담당 비서에게 전달했다. 다카하시 교수가 직접 이 이메일을 연구실 전 멤버들에게 포워딩하며 축하한다는 메시지를 보내는 바람에 화들짝 놀라 다시 이메일을 읽었다. 그제야 내가 대회 참가자 중 상위권자에게 주는 기금을 일부 지원받아 컨퍼런스에 초청됐다는 사실을 알았다.

상위권이라고? 상위권이면 도대체 몇 등이라는 거지? 멍하게 있는데 다카하시 교수의 비서가 찾아와 미국행 비행기표 예약을 도와준다. 연구실 내 거의 모든 교수들이 축하한다는 답신을 일제히 보내온다. 이제 좀 현실처럼 느껴진다.

"도장 받으러 오세요."

얼마 후, 히토시 교수로부터 이메일이 왔다. 비자 연장 서류에 도장을 찍어 줄 테니 교수실로 오라고 했다. 가 보니 대학원장이 연락을 해 와서 어쩔 수 없이 찍는다는 묻지도 않은 말을 한다. 하라 교수님이 손을 써 놓은 듯하다. 비자가 해결됐다.

"와서 이것 좀 봐요."

학원 강의를 마치고 집으로 돌아온 늦은 밤, 아내가 보여 줄 게 있다며 하얀색 봉투 두 개를 바닥에 놓는다. 하나는 월드비전에서 자원봉사자를 인솔하는 나오코 상이 기도 중에 응답을 받았다며 아내에게 주었다 하고, 다른 하나는 우리가 다니던 교회의 어느 분이 주었다고 한다. 서로 전혀 모르는 두 사람이 같은 날, 같은 봉투에 같은 금액을 넣어서 우리에게 주었는데, 두 금액을 합하니 딱 이사자금에서 부족했던 만큼이다. 이럴 수도 있는가 싶다.

대회 출전, 비자 연장, 이사자금…… 바로 며칠 전까지 나를 괴롭히던 모든 문제가 순식간에 해결됐다. 조금 전까지 없던 것들이, 거짓말처럼 내 눈앞에 놓여 있다.

때로 알 수 없는 것들이 찾아온다. 어떤 건 힘들고, 어떤 건 좋다. 문제는 그게 언제, 어떻게 찾아올지를 전혀 알 수 없다는 것이다. 단백질 대회를 포기하고 싶었고, 이사며, 비자며, 모두 되지 않을 것 같은 생각에 그만두고도 싶었지만 그러지 않았다. 모든 게 해결된 이후, 이번에는 안도하고 느슨해질 만도 했지만, 그러지도 않았다. 어찌될지 모르는 환경 속에서 내게 주어진 결과에 일희일비하지 않고 같은 방향을 꾸준히 걷는다는 것의 의미를, 길고 치열한 하루하루를 보내며 점점 확실히 깨닫고 있는 중이었다.

25

나보다 더 큰 세상

＊

단백질 구조를 연결해서 미소짓는 그림을 만들고는 호탕하게 웃는 사람도, 트레이닝복 바람으로 등장해 맥주를 손에 쥐고 여기저기 건배를 나누며 돌아다니는 사람도, 식사 메뉴로 나온 해산물에 대한 해박한 지식으로 테이블의 모두를 즐겁게 해 준 사람도 모두 논문으로만 알던 대가들이다. 내가 지금보다 더 큰 세상을 향해 꿈을 품을 수 있었던 것은 책을 통해 습득한 이론들 때문만이 아니다. 그런 이론들을 다루며 삶의 목적을 하나씩 이루어 가던 그들의 여유와 열정을 만난 덕분이다.

오랜 기다림의 끝

미국으로 향하는 비행기 안에서 내내 긴장했다. 이제 곧 세계적인 석학들과 나란히 같은 공간에 선다. 대회 결과도 발표된다.

컨퍼런스 첫날, 태평양 연안과 마주한 캘리포니아의 퍼시픽 그로브, 그곳에 위치한 아실로마 센터에 도착했을 때, 벌써 많은 사람들이 모여 북적이고 있었다.

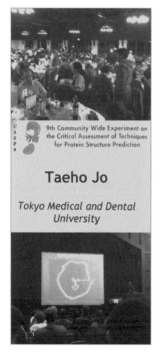

제9회 단백질 구조 예측 대회 컨퍼런스 현장

제일 먼저 찾아본 사람은 내가 적용한 최적화 방법을 만든 이스라엘 벤그리온대학의 카이저 교수다. 중간에 모르는 것들을 물어보는 메일을 수차례 보냈는데 그때마다 그는 신속히 답을 주었다. 그가 이 대회에 온다는 걸 알고 있었기에 꼭 감사의 인사를 전하고 싶었다. 다가가 인사를 하자, 카이저 교수는 나를 기억하고는 반가워하며 마치 내가 자신의 제자라도 되는 듯 주변 사람들에게 소개했다.

또 한 명 내가 꼭 만나고 싶었던 사람은 미주리대학의 챙 교수였다. 이분의 소스코드를 보며 모델러와 최적화 과정을 어떻게 연결할지 힌트를 많이 얻었다. 챙 교수와는 특히 오래 이야기를 나누었는데 젊은 축에 속하는 연구자라 그런지, 서글서글한 인상도 좋았고 이런 분이 나를 동등하게 대하며 이야기를 들어준다는 사실도 참 고마웠다.

마치 새로운 세계에 온 듯했다. 이 분야의 대가들과 직접 마주하고 이야기 나누려니 영화 속으로 들어와 배우들을 보는 것 같았다. 하루 종일 지치는 줄 모르고 토론하고 내 방법과 결과를 설명했다. 처음 봐도 금세 친해지고, 이미 본 사람들끼리는 컨퍼런스 기간 동안 수차례 만나게 되는 터라 참가자들 모두 친한 친구처럼 스스럼없이 어울린다. 함께 인류의 과학기술을 위해 공헌한다는 느낌이 이들을 하나로 연결하고 있는 듯 보였다.

최종 순위는 컨퍼런스 시작 직전에 발표됐다. 몇 등일까 조마조마해하며, 상위권이라면 혹시 1등? 이거, 뉴스에 나오게 되는 거 아닌가? 실없는 상상도 했다. 역시 그런 일은 일어나지 않았다. 내 순위는 23등이었다. 20위 안에도 못 들다니. 살짝 실망도 했지만 170여 팀이 참가한 대회였다. 첫 참가자로서는 대단한 결과였다. 훌륭한 툴을 만들어 준 모델러의 살리 교수와 최적화 방법의 카이저 교수, 그리고 챙 교수에게 진심으로 감사했다.

그곳에서 사람들을 만나고 사귀면서 편안함을 느낀 건 어려운 논문에서나 봤던 이름의 주인공들이 그저 나와 똑같은 사람들이라는 걸 실감해서였다. 단백질 구조 예측 대회 컨퍼런스는 한곳에서 함께 먹고 자며 4박 5일간 열린다. 어떤 날은 발표자와 청중이 큰소리로 대립해 싸우는데, 씩씩거리던 두 사람이 밥을 먹을 때는 또 나란히 앉아 별로 중요하지 않은 이야기들을 하며 시시덕거린다. 워싱턴대학의 데이비드 베이커 교수는 게임을 이용해 단백질 구조를 예측하고, 컴퓨터 자원이 부족해 생기는 문제를 전 세계의 미사용 컴퓨터들을 연결해 해결하는 등 새로운 아이디어를 제시해 온, 이 분야의 석학인데 컨퍼런스장에 트레이닝복을 입고 뒤늦게 나타났다. 방금까지 자다가 나온 인상으로 설렁설렁 돌아다니는 그에게 모두들 다가와 반갑게 인사하고 조금이라도 이야기를 나누고 싶어 한다. 오랫동안 이 대회에서 1위 자리를 지켜 온 미시간대학교 양장 교수는 빡빡 깎다시피 한 머리에 비슷한 품새의 무리들을 이끌고 어슬렁거리며 말을 아꼈는데, 내 눈엔 홍콩영화에 나오는 조직의 보스랑 똑같아 보인다. 이분이 내 포스터에 와서 이것저것 물어보는데 의외로 나긋나긋한 말투가 친근하게 느껴졌다.

매일 밤이면 숙소에 돌아와 오늘 하루 동안 보고 들은 것을 정리하고 기록했다. 그리고 그동안 지원했던 곳들 중에서 몇 곳을 골라 이메일을 다시 보냈다. 대회에 참가한 일과 내가 이 대회에서 사용한 방법, 컨퍼런스에서 알게 된 최신 과학정보들을 추가해서 현장의 사진들과 함께 생생한 소식을 전하고 싶어서다.

하루는 그렇게 이메일을 보낸 곳 중 하나인 일본의 이화학연구소에서 답장이 와 있었다. 단백질 구조 예측과 관련한 연구실의 책임자인 카멜 교수로부터 온 것으로, 일본으로 돌아오는 대로 면접을 보자는 내용이었다.

*

일본으로 돌아오며 마치 개선장군이 된 기분이었지만 곧 흥분을 가라앉히고 이화학연구소 면접 준비에 돌입했다. 정식 면접은 처음이다. 그날 입을 옷도 깨끗이 다려 놓고 인사부터 표정까지 하나하나 거울을 보며 연습했다. 그간의 연구를 일목요연하게 이야기하는 것도 몇 번을 반복했다.

면접일 아침. 미리 알아 둔 교통편을 이용해 이화학연구소로 향했다. 그런데 아뿔싸. 출근길이 생각보다 훨씬 막힌다. 지도상으로는 가까운데 버스가 돌아가는 노선이다. 발을 동동 구르며 연구소 문 앞에 도착했을 때는 이미 10분가량 늦은 시각이었다. 헐레벌떡 연구소로 들어가기는 했는데, 이런…… 연구소가 대학 캠퍼스처럼 넓다. 도대체 어디가 어디인지를 모르겠다. 건물을 못 찾고 엉뚱한 곳으로 들어가는 바람에 휴대폰을 붙들고 인사과 직원에게 "스미마셍"을 연발하며 온 연구소를 뛰어다녔다. 결국 카멜 교수 앞에 섰을 때는 면접 시작 시간에서 30분이나 흘러 있었다.

미안하다는 말을 몇 번이나 하면서 면접장에 들어섰다. 어찌나 온몸에 힘을 주고 뛰어다녔는지 땀이 비 오듯 쏟아진다. 뛰어오다 안경에 튄 땀자국이 시야를 가리고 있는 것도 몰랐다. 괜찮다고 천천히 하라면서 누군가 휴지를 쥐여 주길래 쓱쓱 안경을 닦고 있는데 단백질 구조 연구의 대가인 카멜 교수가 내게 물었다.

"그래서, 뭘 연구했어요?"

"네, 하라 교수님 지도하에 나트륨-칼륨 펌프의 3차원 구조를 예측했고, 이온의 수송 경로를 파악해서……."

"아니, 그건 이미 들었고. 당신이 한 게 뭐냐고요."

"그러니까 단백질 구조 예측 툴인 모델러를 이용해서 단백질 구조를 만들고……."

"모델러가 당신 거예요? 남이 만든 걸 가져와서 돌려 보는 거 말고 당신이 한 게 뭐냐고요."

"그게, 저는 3차원 구조를 만들고 나서 그걸 분석하는 쪽이라 ...."

◀
일본 사이타마현 와코시에 위치한
이화학연구소

지각 때문에 엉망으로 시작된 면접은 오후 5시가 지나서야 끝났다. 질문들은 공격적이고 핵심을 찔렀으며 말문을 막히게 했다. 어려운 시간이었다. 내가 준비한 답변을 써먹기는커녕 무슨 얘기인지도 모를 말을 주절주절 늘어놓았다. 오후가 지나면서는 그마저도 말이 꼬이더니 머리가 도저히 회전을 안 하는 느낌이었다.

최악의 면접을 마치고 집에 돌아오니 아내가 어땠냐고 물어본다. 말할 기력조차 없어서 대답도 못 하고 쓰러져 한참을 누워 있었다. 몸살 기운까지 있어 학원에 양해를 구하고 학원 강사를 시작한 이래 처음으로 아르바이트를 취소했다. 계속 쓰러져 자다 다음 날에야 겨우 몸을 추스리고 일어나니, 어제 일어났던 일들이 믿기지 않았다. 그저 큰 경험 했다고 생각하고 마음을 다잡았다. 평소에 하던 대로 다시 구직 활동을 시작했다.

그로부터 2주일 후, 이화학연구소로부터 '합격'이라는 연락
을 받았다.

그렇게 된 이유가 있다

✻

"지진입니다. 지진입니다."

깜짝 놀라 눈을 동그랗게 뜨고 두리번거리는데 다른 일본인 학부모들은 침착하게 서 있다. 훈련 상황인가 보다. 큰아이의 학부모 참관 수업. 이참에 어떻게 지진 훈련을 하는지 배우는 계기가 될 것 같아 관심을 가지고 지켜보았다.

먼저 선생님이 교탁 밑에 있는 지진 방재모자를 쓴다. 그리고는 아이들에게 명령을 내리는데, 조금 전 수업할 때의 친절한 목소리가 아니다. 마치 훈련소의 조교 같은 목소리로 변해서는 아이들에게 행동을 지시한다.

놀라운 건 아이들의 움직임이다. 아이들은 이미 익숙한 듯

저마다 정해진 일을 한다. 예를 들어 창가 쪽 학생은 창문을 열고 문 앞의 학생은 문을 연다. 또 앞과 뒤에서 담당인 듯한 아이들이 무언가를 하고 들어가는데 불을 끄거나 가스를 점검하는 등의 임무가 있는 듯했다. 이 과정을 마치고는 책상 밑으로 들어가 손을 머리 위에 하고 앉는다. 이 작은 아이들이 아무 소리도 내지 않고 침묵하는 가운데 몸을 신속히 움직여 할 일을 하는 모습을 우리 부부는 가만히 지켜보고 있었다.

잠시 후 "움직임이 멈추었습니다" 하는 안내방송이 나오자 아이들이 역시 신속하게 지진 방재모자를 꺼내 머리에 쓴다. 그리고 고개를 숙이고 일사불란하게 어딘가로 움직인다. 아이들을 지휘하는 교사가 뭐라고 크게 외친다. 마치 군대에서 명령하듯이 소리를 지르는데 뭐라고 하는지는 나중에 알았다. 일본 아이들은 어릴 때부터 이 말을 듣고 자란다고 한다.

오사나이 おさない, 밀지 않는다

가케나이 かけない, 뛰지 않는다

샤베라나이 しゃべらない, 말하지 않는다

모도라나이 もどらない, 돌아가지 않는다

전교생 아이들이 은빛 방재모자를 쓰고 고개를 푹 숙인 채 잰걸음으로 운동장을 향하는 내내 아무 말을 않는다. 웃지도 않는다. 운동장에 모여서는 자기에게 할당된 자리에 얌전히 앉아서 꼼짝을 안 하고 한참을 그냥 있는다.

그 틈에 끼어 있는 큰아이의 얼굴이 보였다. 방재모자를 쓰고 표정 하나 없이 조용히 앉아 있는 딸아이의 모습에 가슴이 먹먹해졌다.

또 다른 시작

지진은 우리의 탓으로 발생하는 게 아니다. 자연이 주는 재해고 아픔이다. 인간은 힘을 합해 재해에 대응할 시스템을 만들고 대비해야 한다. 창문 담당은 창문을 열어야 하고 가스 담당은 가스를 잠가야 한다. 시스템과 맞물려 내 역할을 해내지 못하면 남에게 피해를 주게 되는데, 그 피해라는 게 곧바로 생명이 살고 죽는 문제로 이어진다.

일본의 꽉 막힌 조직구조를 답답해하기도 했지만, 시스템이 없으면 살아남을 수 없는 환경 속에서 수천 년을 살아온 사람들이라면 그럴 수 있다고 생각한다. 누군가에게 피해를 주지 않으려는 일본 사람들을 '남의 눈치 보는 사람들'이라거나 '리더에게 완전히 복종하는 사람들'이라거나 '자기 주장도 없는 사람들'이라고 쉽게 말할 수는 없다. 내가 주는 피해가 곧 생명과 연결되는 긴장을 경험해 본 적 없다면 함부로 말할 게 아닌 듯싶다. 모든 것은 그리된 이유가 있다.

2011년 3월 7일 월요일

이틀 후면 이화학연구소로 출근한다. 다수의 노벨상 수상자를 배출한, 일본 최고의 국립 기초과학 연구소에 내 자리가 생겼다. 월급 37만 엔에 매월 집세 중 4만 엔을 보조받는 조건으로 그곳에서 특별연구원, 포닥으로 일을 시작한다. 이화학연구소는 도쿄가 아니라 와코시에 있다. 신기하게도 내가 이사해 살고 있는 히카리가오카에서 굉장히 가깝다. 차로 15~20분 거리. 그런데 대중교통으로는 한 시간 남짓이 걸린다. 자전거를 한 대 샀다.

2011년 3월 8일 화요일

자전거를 타고 이화학연구소까지 출근하는 연습을 해보기로 했다. 집에서 지도를 보고 가는 길을 몇 번이나 확인한 후 자전거로 그 길을 따라 달렸다. 정문에 도착하기까지 30분 정도 걸렸다. 이 정도면 딱 적당하다 싶다. 오는 길에는 약 50여 미터쯤 되는 내리막길이 있다. 주위에 차도 없는 한적한 내리막길을 지그재그로 달리며 콧노래를 불렀다.

2011년 3월 9일 수요일

첫 출근. 내 자리를 안내받고 연구실 사람들을 소개받는데 면접 때 무섭게 보이던 사람들이 이제는 동료가 되어 나를 반겼다. 일본 연구소지만, 이 연구실만큼은 일본 사람이 한 명도 없다. 카멜 교수를 비롯, 전원이 프랑스, 중국, 인도, 벨기에, 파키스탄, 네팔 등 외국에서 왔다. 모두에게 인사를 하고 내 자리를 세팅했다.

2011년 3월 10일 목요일

내 연구를 연구실 멤버들에게 정식으로 소개했다. 단백질 구조 예측 대회 성적을 알리는 슬라이드를 끼워 넣어 근사하게 프레젠테이션을 마쳤다. 카멜 교수와 앞으로 무엇을 하면 좋을지를 상의하며 오후를 보냈다. 이제 드디어 연구다운 연구를 시작한다!

2011년 3월 11일 금요일

오후 일과가 한창이던 2시 46분경, 우르릉 하는 소리가 멀리서 들렸다. 갑자기 창문이 심하게 부딪히는 소리가 나는데 지진인 것 같았다. 그런데 흔들림이 독특했다. 보통 지진이 나면 땅이 좌우로 흔들리는데 이번엔 위아래로 요동치는 느낌이었다. 잠시 멈추는가 싶더니, 뒤이어 어마어마한 흔들림이 건물을 덮쳤다. 심상치 않아 일단 동료들과 함께 건물 밖으로 발걸음을 옮기는데 중심을 못 잡을 만큼 흔들림이 거셌다. 평소에 겪던 지진과 다르다는 생각에 속도를 내 계단을 뛰어 내려갔다. 다른 연구실 연구원들도 밖으로 뛰쳐나오는 게 보인다. 건물 밖에서도 마치 흔들리는 배의 갑판처럼 땅이 계속해서 요동친다. 이렇게 큰 지진은 처음이다.

이것이 2만 3천 명의 목숨을 앗아가고, 방사능 참사를 일으킨 3.11 동일본 대지진이라는 걸 그때는 알 수 없었다.

모두 귀가하라는 공지가 전해졌다. 주말을 보내고 월요일 아침에 출근 채비를 하다가 카멜 교수로부터 이메일을 한 통 받았다. 연구실을 무기한 폐쇄한다고 되어 있었다. 큰 기쁨을 안고 출근한 지 불과 3일 만에.

비에 젖은 종이인형

✳

우리 뇌는 하루 동안 보고 느낀 모든 것을 저장하지는 않는다. 매일 출근길에 보는 버스 밖 풍경은 몇 시간만 지나도 마치 존재하지 않았던 것처럼 머릿속에서 지워지기 마련이다. SNS에서 뇌의 선택적 기억 저장 방식을 CCTV에 비유한 글을 본 적이 있다. 뇌의 기억 저장 방식과 CCTV의 작동 원리가 똑같다는 글이었다. CCTV는 화면상에 변화가 있을 때만 화면을 저장한다. 모든 순간을 다 저장하면 저장공간이 부족해지기 때문이다.

그렇지만 기억에 남지 않는다 해도 우리 인생에는 말할 수 없이 소중한 순간들이 존재한다. 내일이면 잊어버릴 가족과의 오붓했던 저녁시간도, 아이들과 공원에서 따뜻한 햇살을 맞으며 함께 보냈던 주말 오후도, 머릿속에 세세히 남지는 않지만 그 시간들이 우리에게 주는 위로는 작지 않다. 안타깝게도 그런 평범한 것들은, 사라지고 나서야 소중함을 알게 된다.

무너진 일상

서둘러 보육센터에 가서 아이들을 데리고 나왔다. 히카리가오카에 있는 우리 집은 25층 건물의 25층이었는데 도착해 보니 엘리베이터가 멈춰 있었다. 방재모자를 쓴 두 딸의 손을 꼭 잡고 25층까지 걸어서 올라가는 일은 힘들었지만 열심히 계단을 오르는 아이들을 보며 하루이틀 뒤면 모든 것이 정상으로 돌아가리라 믿어 의심치 않았다. TV를 켜니 일본 동북부에서 일어난 대지진으로 난리가 난 상황이다. 쓰나미가 덮친 현장이 너무 처참하다.

지진이라면 그동안 일본에서 한두 번 겪은 게 아니다. 그런데 지금, 계속해서 공장 굴뚝 같은 화면이 뉴스에 나오고 있다. 여기저기서 흰 연기가 올라오고 뭔가가 폭발하는 듯한 영상도 보인다. 그냥 어딘가 피해를 입었나 보다 했는데 원자력발전소라고 했다.

◀
지진이라고만 생각했는데
원자력발전소가 폭발했다.

분위기가 일순 바뀌었다. 방사능 이야기가 온 뉴스를 뒤덮는다. 쓰나미가 원전을 덮쳐 폭발이 일어났고, 이로 인해 방사능 유출이 벌어졌다며, 원전의 수소 폭발 장면을 하루에도 몇 번씩 보여 준다.

방사능 소식은 그동안의 지진과는 차원이 달랐다. 깜짝 놀라고만 있을 때가 아니라 아내와 어린 두 딸을 서둘러 한국으로 피신시켜야 했다. 급히 알아보는데 이미 비행기표가 동나고 없다. 밤을 새워 가며 아이들을 한국으로 보낼 수 있는 길을 찾아봤다. 오사카를 들러 제주를 지나 인천에 도착하는 비행기편이 남아 있다. 세 사람의 표를 끊고 한숨을 돌렸다.

표를 구하느라 잠도 제대로 못 자고 맞이한 어스름한 새벽. 어리둥절해하는 두 아이를 데리고 아내가 집을 나섰다. 잠이 안 깨 눈을 비비는 아이들은 보육원에 가는 건지 학교에 가는 건지도 모른 채 엄마 손을 꼭 잡고 있다. 평소에도 엄마 아빠 말을 잘 듣는 아이들이기는 하지만 그 새벽에 길을 나서는데도 얌전히 엄마 다리 옆에 꼭 붙어 서 있다. 아이들을 한 번씩 안아 주는데 부드러운 볼이 뺨에 닿는다. 가족과 생이별한다는 게 이런 거구나. 재해 때문에 어쩔 수 없이 하는 이별은 여느 때의 헤어짐과는 너무도 다른 아픔을 동반했다. 두려움 서린 얼굴의 아내를 안아 주고 이들 셋을 떠나보냈다. 시간이 촉박해 어서 서둘러야 했다.

홀로 남은 집에서 뉴스를 보며 출근 준비를 하고 있을 때, 연구실을 폐쇄한다는 이메일을 받았다. 며칠 지나면 모든 것이 정상으로 돌아올 줄 알았는데 폐쇄라니. 놀랍게도 이 이메일을 보낸 카멜 교수는 이미 일본을 떠나는 중이었다.

연구실에 겨우 사흘 나갔을 뿐인데……. 망연자실 한참을 앉아 있었다. 인터넷 뉴스에는 체르노빌 원전 당시 죽거나 심각한 후유증을 겪은 사람들의 사진이 떠 있다. 나도 떠나야 하는가? 프랑스 출신 동료가 국적기를 타고 자기 나라로 출발한다는 소식을 알려 온다. 인도에서 온 친구도 국적기가 왔다며 떠날 거란다. 한국으로부터는 소식이 없다.

오후가 되자 그렇게 가만히 있는 게 아무 의미 없어 보였다. 자전거를 타고 연구소에 가 보기로 했다. 내게 열쇠도 있고 어차피 책들, 열심히 세팅해 놓은 컴퓨터, 내 책상이 거기 있으니 집에서 뉴스만 보고 있는 것보다는 나을 것 같았다.

자전거를 타고 길을 나섰다. 조금 한산해지기는 했어도 평소와 크게 다를 것 없는 거리 풍경에 조금 안심했다. 사람들이 여느 때처럼 오가고 차들도 다닌다.

연구실은 불이 꺼져 있었다. 열쇠로 문을 열고 안으로 들어가 컴퓨터를 켰다. 둘러보는데 연구실을 가득 채운 서버, 책상, 책, 값비싼 의자 들이 눈에 들어온다. 설마 이렇게 좋은 연구실이 없어질 리가 없다고 생각했다. 카멜 교수와 이야기 나눈 프로젝트를 열었다. 얼마나 오랫동안 기다려 온 연구의 기회인가. 나 혼자서라도 무언가 해내고 싶었다. 자판을 두드리며 코딩을 시작했다. 아무도 오지 않는 고요한 연구실. 키보드 치는 소리만이 울려 퍼진다.

다음 날도 그다음 날도, 나는 출근시간이면 연구실에 홀로 나가 컴퓨터를 켜고 논문을 읽고 코딩을 했다. 그리고 퇴근시간이 되면 집으로 돌아왔다. 가족이 떠난 텅 빈 집에 먹을거리가 떨어졌지만, 지진 통에 사재기가 심해져 생필품을 구하기도 어려운 상황이다. 나가서 사 먹을 수도 있겠지만, 그다지 입맛이 당기지 않는다. 집에 오면 청소할 기운도 없어 거실 한쪽에 앉아 멍하니 TV만 봤다. 그러다 잠이 들고 아침이 되면 일어나 출근을 했다.

혹시 누군가 연구실에 나오지 않을까 매일 기대했다. 다른 연구실은 불도 켜져 있고, 속속 사람들이 나오는 듯했다. 하지만 이 연구실의 책임자인 카멜 교수는 아무 연락이 없고 간간이 동료들이 보내오는 이메일은 다들 자기 나라에 잘 도착했다는 내용이다. 누구도 돌아올 생각은 없어 보인다.

며칠이 더 흘렀다. 아침에 터벅터벅 연구실로 걸어가는데 복도에서 인사과 직원과 마주쳤다. 입소 서류를 준비하며 몇 번 인사를 나눈 사람이다. 나를 보더니 놀라 알은체를 한다.

"어? 그쪽 연구실에도 나오는 사람이 있었네요. 아무도 안 나오는 줄 알았는데.”

“예?”

“연구실 전원이 자기 나라로 돌아가 버린 곳은 거기뿐이라서요. 멤버가 모두 외국인인 곳은 어쩔 수가 없네요. 이렇게 가다가는 연구팀이 해체될 텐데⋯⋯.”

정보를 주는 것 같기도 하고, 비아냥거리는 것 같기도 한 이야기였다. 연구실로 계속 걸어가는데 속으로 외침이 터져 나온다. 아무도 안 나온다니? 내가 이렇게 매일 나오고 있는데! 연구실 주인이 바뀌어 내 열쇠로 문을 열 수 없을 때까지, 누군가 와서 나가라고 할 때까지, 난 여기에 계속 나오리라. 나도 모르게 이를 악물었다.

일주일이 더 지났다. 그날은 집으로 돌아오는 길에 비가 쏟아졌다. 자전거를 마련한 이후 처음 맞는 비였다. 우비를 살까 하다가 벌써 흠뻑 젖어서 사 입어도 의미가 없겠다 싶었다. 길을 재촉했다. 비가 점점 더 많이 쏟아진다. 미끄러질까 봐 핸들을 꼭 붙잡고 어렵게 집에 도착했다. 집 열쇠를 찾아 열쇠 구멍에 넣고 돌리는데 빗물이 손을 타고 뚝뚝 떨어진다. 텅 빈 집 안으로 들어서서 물에 젖은 외투를 신발장 옆에 툭 하고 떨어뜨렸다.

물이 뚝뚝 흐르는 그대로 거실로 들어와 여느 때처럼 리모컨부터 찾아 TV를 켰다. 좋은 소식은 여전히 없다. 방사능 문제는 점점 심각해질 뿐 도저히 해결할 방법이 없어 보인다. 너무 힘들고 며칠째 제대로 먹지 않아 쓰러질 것 같다. 옷을 갈아입어야 하는데 그냥 그렇게 거실 벽에 미끄러지듯 기대어 앉았다. TV에서 뉴스 앵커의 무심한 목소리가 흘러나온다.

"특히 지금 도쿄 주변에서 내리는 비를 피하시기 바랍니다. 방사능을 다량으로 포함하고 있을 수 있습니다. 안전이 확인될 때까지 비를 피하시기 바랍니다."

온몸에 비를 흠뻑 맞은 채, 거실에 쓰러져 이를 들은 나는, 일어날 힘이 없어 그냥 계속 그 자리에 있었다. 불 꺼진 거실 바닥에 주저앉아 고개를 푹 숙이고, 얼마나 그러고 있었는지 모르겠다.

내 뜻대로 되지 않는다. 세상의 일이란 게 그렇다.
아무리 할 수 있는 최선을 다해 보아도,
거대한 폭풍우 앞에 서면
비에 젖은 종이인형에 지나지 않는다.

그날 나는
훗날 나의 삶에 커다란 변화를 가져올,
한 가지 특별한 결심을 하게 된다.

5장

마지막 시험

우리에게 묻다

＊

선악과를 먹은 아담에게 하나님이 묻는다. 왜 먹지 말라고 한 그 열매를 먹었냐고. 아담은 하와를 가리키며 답한다.

　"저 여자 때문에요. 하나님 당신이 만든 저 여자요."

　하나님이 이번엔 하와에게 묻는다. 왜 먹지 말라고 한 그 열매를 먹었냐고. 그러자 하와가 답한다.

　"저 뱀이 그랬어요. 저 뱀이 먹으라고 하잖아요."

　이 이야기를 읽으며 궁금했다. 하나님이 왜 뱀에겐 이유를 묻지 않았는지. 어째서 사람에게만 묻고 또 물었는지. 모든 것을 아는 하나님은 사실, 아무것도 물을 필요가 없는데.

돌아오길 바라며

비 온 뒤 맑은 하늘이 눈부시다. 샤워를 해서 개운한 건지, 잠을 잘 잔 건지, 어쨌든 어제보다 기분이 괜찮다. TV에서 수십 번은 보았을 원전 폭발 장면이 또 나온다. TV를 끄고 가방을 챙겨 연구실로 향했다.

가는 길에 편의점에 들러 어른용 우비를 하나 샀다. 도시락도 샀다. 비에 젖은 아스팔트가 반짝반짝 빛난다. 연구실 가는 길에 페달을 밟으며 오늘 커피는 몇 스푼을 넣어서 내릴까 생각했다.

자전거를 세우고 연구실 건물로 들어섰다. 엘리베이터를 타고 우리 연구실이 있는 층에 내리는데 어? 연구실에 불이 켜져 있다. 문밖에서 들여다보니 인도에서 온 포닥 아시토시와 네팔에서 온 박사과정생 로잔이 앉아 있다.

"아시토시! 로잔! 너희들 돌아온 거야?"

문을 열고 들어오는 내 목소리에 그들도 깜짝 놀란다.

"어? 태호! 오랜만이네. 난 규슈 쪽으로 피해 있다 왔어."

인도로 돌아가 봐야 가족과 함께 있을 곳도 마땅치 않다며 아시토시가 말했다.

로잔은 돈이 없어서 그냥 있었단다.

"네팔로 가는 비행기표가 너무 비싸져서 돌아갈 수가 없었어. 국적기를 보내 주지도 않고 해서 그냥 집에 있었는데."

로잔은 연구실 폐쇄를 알리는 공지 이메일을 그날 아침 연구실에서 받았다고 한다. 일찍 나와 있었는데 폐쇄 이메일까지 오고 출근하는 사람도 없길래 이후 쭉 집에 있었다고 한다. 내가 그날 오후에 연구실에 왔었으니 시간이 어긋나 못 만난 것이다.

두 사람은 친한 사이다. 아시토시가 규슈에서 돌아오고 둘이 만나 이런저런 이야기를 나누던 중 심란해서 같이 연구실에 나와 보았단다.

모두가 떠난 줄 알았는데, 아직 두 사람이 일본에 있었다. 누가 뭐랄 것도 없이 제각각 전해 들은 원전 관련 뉴스를 나눈다. 혼자 있다가 셋이 되니 훨씬 낫다. 커피를 내려서 두 사람의 잔에 채워 줬다. 셋이 함께 인터넷으로 이것저것 검색도 해 가며 이야기를 계속했다.

뉴스를 통해 들은 소식은 온통 암울했는데, 이는 일본이나 한국에서뿐만이 아니라는 걸 알았다. 해외에서 전하는 일본 소식만 보면 일본이 당장이라도 멸망할 듯한 분위기라고 했다. 역시 방사능이 문제다. 쓰나미로 후쿠시마 원자력발전소들이 수소 폭발을 일으키는 장면이 방송을 타면서부터 주변 아시아 국가들의 경계심이 치솟았다. 균열된 틈으로 빠져나간 방사성 물질이 바다로 흘러들어 내가 사는 곳까지 오면 어쩌나 하는 걱정과 불안이 사람들을 휘감는 게 당연했다.

연구실의 배경에 대해서도 이날 처음 들었다. 이 연구실은 이화학연구소가 5년간 연구펀드를 지원하기로 약속하고 만든 프로젝트 연구실이었다. 펀드를 따낸 카멜 교수가 연구실을 오픈한 지 아직 얼마 되지 않았기 때문에 카멜 교수가 일본으로 복귀하지 않고 다른 나라로 가기로 결정하면 연구실은 자연스럽게 해체되리라는 내용이었다.

이화학연구소는 종신 연구원과 임시 프로젝트 연구원이 동시에 일한다. 연구 경력과 성과를 통해 종신 연구원에 오른 사람들은 지진에도 불구하고 대부분 속속 연구실에 복귀했다. 그래서 다른 연구실은 사람들이 계속 있었던 것이다.

내가 우리도 계속 연구하는 모습을 보여 주는 게 아무래도 도움이 되지 않겠냐는 이야기를 꺼냈다. 두 사람도 집에서 걱정만 하느니 이제부터 셋이 함께 나와서 뭐라도 해 보자는 데 동의했다.

이때부터 셋이 함께 출근하기 시작했다. 이화학연구소에 인트라넷이 있다는 것도 이 친구들에게 들어 알게 됐다. 인트라넷에는 여러 뉴스들이 떠 있었다. 대부분 일본어로 되어 있어서 우리 연구실 사람들은 거의 안 쓴다고 한다. 일본에서 오래 공부한 나는 흥미를 가지고 하나하나 살펴보기 시작했다.

그중 눈에 확 들어오는 게시물이 있었다. 게시물 제목이 '우리 연구소 지역의 방사능 수치 측정 결과'다. 뉴스에는 온통 흉흉한 소식들뿐인데, 정작 내가 있는 지역의 실제 방사능 수치를 알 방법이 없었다. 지진에는 철저하게 대비가 되어 있는 나라지만, 원전 폭발은 처음이라 방사능을 어떻게 측정하는지도 모르는 게 대부분인 상황이었다. 아직 괜찮다는 일본 정부와 무조건적으로 재앙이라는 뉴스만이 존재하고 있던 그때, 마침 방사능 측정 장비를 갖고 있던 실험실이 있었고, 이들은 장비를 이용해 매일 자발적으로 방사능 수치를 기록해 엑셀 파일로 인트라넷에 공유하고 있었다.

파일을 내려받아 자세히 살펴봤다. 날짜별로 방사능 수치가 기록되어 있는데 확실히 원전의 수소 폭발 이후 방사능 수치가 미세하게 높아진 적이 있기는 했다. 그러나 곧 떨어지더니 정상 수치로 돌아왔다. 원전 사고 이전과 비교했을 때 특별히 높아졌다고는 볼 수 없을 정도의 수치였다. 원전에서 250킬로미터 이상 떨어진 우리 지역은 방사능의 영향을 거의 받지 않고 있었던 것이다. 아시토시와 로잔도 이 게시물을 확인하고 함께 기뻐했다. 이제 연구실 사람들도 모두 돌아올 수 있을 것 같았다.

아시토시가 카멜 교수를 비롯, 우리 연구실 모든 멤버에게 이 파일을 포워딩했다. 연구실이 안전하다는 사실을 알리자 다행이라며 고맙다는 이메일들이 도착했다. 다시 돌아가 연구를 해야겠다는 이야기도 주고받는다. 다만 카멜 교수로부터는 아무 답신이 없다.

＊

도쿄에 살던 한인들도 적잖이 충격을 받고 힘든 시기를 보내고 있었다. 한국인들이 상당수 한국으로 돌아가자 상점에 손님이 없었고 교회에 나가도 예배당이 반 이상은 비어 있었다. 사람들의 얼굴마다 걱정이 가득했다. 특히 한국 뉴스는 너무 심하다 싶을 만큼 자극적이었다. "일본은 끝났다"라는 헤드라인의 기사를 봤을 때는 여기 이렇게 멀쩡히 살아 있는 우리는 뭔가 싶었다.

아무리 자극적이고 어이없어 보이는 뉴스라 해도 이를 마냥 무시할 수 없었던 건 방사능 수치를 직접 측정한 사례를 보기 어려웠던 탓이 크다. 그래서 이날 내가 이화학연구소에서 받은 자료는 방사능의 공포로부터 벗어나게 해 줄 희소식이 아닐 수 없었다. 이 소식을 서둘러 전하고 싶었다.

한국 사람들 모임이 있던 날, 걱정하고 있을 그들을 위해 방사능 실측 자료를 출력해서 가지고 갔다. 내가 도착했을 때 이미 진행되고 있던 모임은 역시나 침울한 분위기로 흐르고 있었다. 그래서 도착하자마자 이들에게 말했다.

"우리 괜찮대요. 이화학연구소에 있는 장비로 방사능 수치를 측정한 자료를 가져왔어요. 방사능 수치가 정상이에요!"

모두가 나처럼, 아시토시나 로잔처럼 기뻐할 줄 알았다. 그런데 사람들의 표정이 여전히 뚱하고 무뚝뚝하다. 내 이야기를 잘 못 들었나? 한 번 더 이야기했다.

"방사능 수치가 이상 없다고요. 여기 결과를 출력해 왔어요. 한번 보세요."

이때 돌아온 대답에 내 마음이 철렁했다.

"그걸 어떻게 믿어요? 일본 정부에서 운영하는 연구소라며."

"예? 아, 아니 그게 아니라, 방사능 장비로 매일 직접 측정한 자료예요. 직접 잰 걸 가져온 건데……."

"거기서 그런 이야기를 퍼뜨리는 의도가 뭐예요?"

이럴 수가. 사람들이 믿지 않는다. 말문이 막혔다.

"지금 당신 하는 말이 일본 정부하고 똑같네요."

평소에 가깝게 지내던 분들인데, 늘 보던 눈빛이 아니다. 그동안 쌓인 울분을 내게 폭발시킬 것만 같다. 더 이상 이야기를 하기가 무서웠다.

기쁜 소식을 전하려 해도 마음의 문을 닫아 버린 사람들에게는 전달이 불가능하다. 세상이 만든 틀에 눌려 있는 사람들. 그들은 진실을 이야기해도 듣지 않았다.

29

그럼에도 불구하고

✳

루이스 캐럴의 소설 《거울나라의 앨리스》에는 붉은 여왕이 나온다.

붉은 여왕의 손을 잡고 한참을 정신없이 달리던 앨리스. 문득 아무리 달려도 주위 풍경이 전혀 변하지 않는다는 것을 깨닫고, 붉은 여왕을 향해 가쁜 숨을 몰아쉬며 물어본다.

"이상해요. 제가 있던 세상에서는, 이렇게 빨리 뛰면 보통 어딘가 다른 곳에 도착하게 되거든요. 그런데 여기선 왜 주위 풍경들이 그대로죠?"

"거긴 느려 터진 세상인가 보군."

여왕이 대답한다.

"여기에선 보다시피 네가 할 수 있는 만큼 힘껏 뛰어야 제자리에 머무를 수 있단다. 만일 어딘가로 가고 싶으면 두 배로 빨리 뛰어야만 해!"

사람들은 살아간다

시간이 흐른다. 그렇게 많은 이들이 죽고, 다치고, 집을 잃고, 슬퍼했지만, 제자리로 돌아가려는 노력은 삶을 하나하나 정상의 자리로 되돌려 놓고 있었다. 방사능 측정 장비들이 점점 더 많이 동원되면서 위험 지역과 안전 지역이 지도로 그려지기 시작했고, 원전 지역은 여전히 문제가 많았지만 우리가 사는 지역은 괜찮다는 연구소 내부 측정 자료가 여러 경로를 통해 다시금 사실로 확인됐다.

대지진 이후 한 달 반가량이 지나는 동안 연구소의 거의 모든 연구실이 운영을 재개했다. 하지만 우리 연구실은 카멜 교수가 아직 돌아오지 않았다. 그는 여기 말고도 갈 곳이 많아 보였다. 책임자가 부재한 상태에서 굳이 일본으로 돌아올 일 없는 동료들은 여전히 각자 자기 나라에서 사태를 지켜보며 다른 곳에 지원하기도 하고, 하던 연구를 집에서 이어 가기도 했다. 나, 아시토시, 로잔, 세 사람만이 하루도 빠짐없이 연구실을 지켰다.

카멜 교수가 돌아오겠다고 전체 메일을 보낸 건 원전 폭발 사고로부터 두 달이 지나서다. 늦은 감은 있었지만, 연구실 분위기는 확 달라졌다. 대부분의 팀원들이 차례차례 돌아왔다. 비어 있던 책상들이 다시 사람들로 채워졌고, 카멜 교수까지 합류

하면서 두 달 넘게 공식적으로 문을 닫았던 연구실이 정상으로 돌아왔다. 복귀하는 동료들마다 연구실을 끝까지 지킨 우리 세 사람에게 격려와 존중의 한마디씩을 해 준다. 자리를 지켜 낸 것이 스스로도 자랑스러웠다.

　모든 것이 점점 회복되고 좋아졌다. 어지러웠던 한인 사회도 사람들이 일본으로 복귀하면서 원위치로 돌아왔다. 내게 의도가 뭐냐던 사람들의 표정에서도 두려움이 사라졌다. 언제 그랬냐는 듯 친절하게 웃으며 나를 대한다. 먼저 돌아와 있던 아내에 이어, 아이들도 집으로 돌아와 학교에 나가기 시작했다. 이제 다시 연구에 집중할 수 있다는 사실이 무엇보다 좋았다. 이곳을 떠나지 않게 됐고, 내 연구를 계속할 수 있었다. 가슴을 쓸어내렸다.

＊＊

카멜 교수와의 연구가 본격적인 궤도에 올랐다. 연구실을 지키며 매달린 나의 연구 주제는 단백질 구조 예측 대회의 1위 팀을 따라잡을 수 있는 새로운 아이디어를 찾는 것이었다. 하지만 시간이 지날수록 이것이 얼마나 어려운 목표인지를 깨달았다. 내 것이라고 할 만한 기술이 없다는 점이 가장 큰 문제였다. 지난 대회에서 나는 살리 교수, 챙 교수, 카이저 교수의 기술을 가져와 적절히 이용했을 뿐이다. 남의 것을 따라 하기는 쉽지만 나만의 것으로 성과를 내기 위해서는 그보다 수십, 수백 배의 노력을 해야 한다. 면접을 보던 자리에서 '당신이 한 게 뭐냐'고 묻던 카멜 교수의 코멘트는 그 후로도 종종 떠올라 나를 보이지 않게 압박했다. 나중에 알고 보니 이는 나에게만 하는 말이 아니었다. 성과가 없거나 창의적인 아이디어를 내지 못하는 사람들은 그의 거침없는 코멘트를 들어야 했다.

카멜 교수의 랩미팅은 그의 논리적이고 직설적인 평가와 잘한 연구, 못한 연구의 철저한 구분으로 특징 지어졌다. 전원이 매주 1회 이상 자신의 연구 경과를 발표해야 하는데, 아시토시는 늘 잘하는 연구 그룹이었지만 로잔과 나를 비롯한 나머지 멤버들은 평가가 들쭉날쭉이었다. 박사과정생 로잔과 테크니션 한 명을 빼면 모두 포닥으로 구성된 연구실이라 학생들에게 조언하는 듯한 분위기는 애당초 없었다. 연구 결과가 부실하면 자기 연구에 책임을 지라는 질책이 날아온다.

'못한 연구'로 오래도록 낙인 찍힌 우메시라는 동료는 인도에서 온, 말솜씨가 좋은 친구였다. 늘 열심히 하는 것 같기는 한데 내가 보기에도 별다른 연구 성과를 만들지 못하고 있었다. 그러니 매번 자신의 순서가 되면 카멜 교수에게 온갖 잔소리를 듣는다.

"말만 앞서고 성과를 보여 주지 못하는데 사기꾼과 다를 게 뭔가요. 모두에게 거짓말하는 거짓말쟁이랑 다를 게 뭐냐고요."

아직도 생각나는 카멜 교수의 코멘트 중 하나다. 우메시에게 그의 발표가 시원치 않다고 한참을 핀잔을 주는 가운데 나온 말이었다.

워낙 험한 평가를 많이 들어서인지 자신이 발표하는 날이 되면 우메시는 아침부터 말수가 적어지고 얼굴색이 좋지 않아 보일 정도였다. 어느 날은 발표를 마친 그의 표정이 유독 심상치 않았는데, 카멜 교수의 날선 코멘트를 듣던 그의 얼굴이 갑자기 일그러져서 모두가 놀랐다. 그는 무언가 말을 하려고 했는데 말이 입 밖으로 나오지 않았고, 고개를 쉴 새 없이 오른쪽으로 까딱거리기 시작했다. 그 언변 좋은 우메시에게 신경질환의 하나인 틱 장애가 있다는 것을 우리 모두 처음 알았다. 미팅은 그렇게 끝났고, 카멜 교수가 자기 방으로 돌아간 후 걱정이 되어 이 친구 자리를 찾았다.

나보다 먼저 온 다른 동료들이 바보 같은 농담을 하며 분위기를 전환하려 애쓰고 있었다. 괜찮다고, 어릴 때부터 긴장하면 가끔 그랬다며 허허 웃는 우메시 눈가에 눈물이 맺혀 있었다. 시간 되는 사람은 저녁에 연구소 앞 이자카야에서 보자고 누군가 제안했다.

저녁이 되어 가 보니 한 명 두 명 모이다가 결국 한 명도 빠짐없이 다 모인다. 비슷한 처지의 우리는 종종 이렇게 모여 신나게 이야기하고 놀고 즐기며 스트레스를 풀었다. 이날은 우메시를 위로하겠다고 모였지만, 결국은 여느 때와 다름없이 서로를 위로하고 북돋는 자리였다. 맛난 것도 시켜 먹고 가라오케에 가서 가발 쓰고 춤도 춘다. 출신 나라와 피부색, 배경은 서로 달라도 함께 연구하며 같은 길을 걷는 동료들은 그렇게 하루를 보내고 다음 날 또다시 각자의 프로젝트에 열중하며 안간힘을 쓴다.

두 배로 빨리 뛰어야 어딘가로 갈 수 있다는 붉은 여왕의 말처럼 나 역시 열심을 다하며 두 배로 뛰어 보지만 그래도 연구 성과는 좀처럼 나오지 않았다. 마치 막다른 길에 서 있는 것 같았다. 연구에 새로운 전환이 필요했고 그 실마리는 예상치 못했던 곳에서부터 시작되었다. 그해의 노벨상 수상자가 발표되던 날, 한국으로부터 전화 한 통을 받으면서다.

제일이 아니라 유일

✳

이화학연구소 구내식당의 우동 판매대에 가면 점원으로부터 항상 듣는 질문이 있다.

"간사이関西,관서식으로 드릴까요, 간토関東,관동식으로 드릴까요?"

점원은 두 가지 우동이 각각 어떤 맛이라는 설명을 따로 하지 않은 채, 그저 둘 중 무엇을 원하는지를 물어본다. 간사이식, 간토식은 일본 사람들을 이해하기 위해 반드시 알아야 하는 키워드다.

간사이와 간토, 그리고 노벨상

평소 알고 지내던 한국의 기자분이 연락을 해 왔다. 그해 노벨 생리의학상 수상자가 교토대의 야마나카 신야 교수인 점과 관련해서, 어째서 교토대가 노벨상에 강한지를 칼럼으로 써 줄 수 있는지 묻는다. 그동안 일본인이 받은 열아홉 개의 노벨상 중 여덟 개가 교토대 출신에게서 나온 이유가 나도 궁금했다. 마침 2001년 노벨화학상 수상자인 노요리 료지 이화학연구소 소장이 교토대 출신이었다. 한번 조사해 보겠다고 답했다.

노요리 소장은 구내식당에서 가끔 얼굴을 본 적은 있지만 따로 만난 적은 없다. 소장실에 이메일을 보냈다. 교토대의 노벨상 수상 비결에 대해 한국 신문에 글을 쓸 계획이라 소장님의 의견을 담고 싶다고, 몇 가지 질문을 정리해서 드릴 테니 이메일로 답신을 주시면 감사하겠다고.

답장이 왔다. 우리 연구실을 방문할 계획이 있으니 그때 만나서 궁금한 게 있으면 편하게 물어보라는 내용이다. 조금 긴장됐지만 잘되었다 싶었다. 노벨상 수상자와 직접 이야기를 나눌 수 있는 기회이기도 했다.

인터뷰를 준비하며 자료를 모으기 시작했다. 경쟁에서 이기기보다 자유 정신을 중요하게 생각하는 교토대 학풍은 널리 알려져 있었다. 교토대 건학이념 1장은 이렇게 시작한다. "우리는 자유와 자주 연구를 기반으로 한 자유 학풍을 계승 발전시킨다." 올해의 노벨생리의학상 수상자인 야마나카 교수 역시 자유 정신에 부합하는 인물이라고 볼 수 있었다. 노벨상 수상 직후 언론과의 인터뷰에서 그는 자신이 특별하지도, 뛰어나지도 않다는 고백을 했다. 고베대학교 의과대를 졸업하고 임상의가 됐지만 다른 사람이 30분 만에 해내는 수술을 두 시간에 걸쳐 겨우 끝낼 만큼 서툴렀고, 동료들에게 '방해꾼'이라는 별명으로 불릴 만큼 자질이 부족했다고. 의사가 적성에 맞지 않음을 알고 1989년 대학원에 다시 진학해 기초과학 연구자로서의 길에 들어섰지만 초기 연구 성과가 많이 부족했던 탓에 또다시 어려움을 겪었다고 한다. 여기서 교토대의 진가가 드러난다. 아무 성과도 내지 못하는 그를 교토대는 끝까지 믿고 꾸준한 지원을 아끼지 않았던 것이다. 교토대는 어떻게 이러한 지원을 할 수 있었을까?

▲ 노벨상 공식 페이스북에 소개된 야마나카 신야

"일등이 아니라, 유일을 추구하기 때문이죠."

노벨상 수상자, 노요리 료지 이화학연구소 소장이 명쾌하게 정리해 주었다.

"연구자는 일등을 할 필요가 없어요. 일등이 누구인지, 어떻게 일등이 되었는지에 관심을 두지도 마세요. 자기가 하고 있는 일이 과연 자기만 유일하게 할 수 있는 일인지에만 관심을 쏟으면 됩니다. 내가 한 것도 오직 그것뿐이고, 노벨상과 명예는 부수적으로 따라온 것들이지요."●

평생 연구에만 몰입해 온 오랜 관록의 과학자를 상상했었는데, 검은 정장을 멋지게 차려입고 비서들과 함께 나타난 노요리 소장은 예리하고 카리스마 넘치는 말투로 듣는 이들을 집중하게 만드는 사람이었다.

노벨상은 해당 분야에서 가장 처음 업적을 이뤄 낸 연구자에게 주어진다. 학생에게 자유를 부여하고 잠재력과 독창성을 극대화하는 교토대의 이념이 노벨상의 이상과 만나는 지점이다.

여유와 자유, 그리고 일등을 고집하지 않는 교토대의 학풍은, 우수한 인재들을 모아 일등을 추구하는 도쿄대의 이상과 많이 다르다. 알고 보니 이 두 가지 성향은 단지 대학에만 국한된 것이 아니라 우동 판매대에서조차 자연스럽게 구분되는, 일본

● 노요리 료지 소장과의 인터뷰는 《르 몽드 디플로마티크》 2011년 12월호 칼럼 〈교토대 노벨상의 비밀〉에 소개되었다. (편집자 주)

자체를 이해하는 중요한 키워드였다.

간사이는 교토를 중심으로 한 여섯 개 지역, 간토는 도쿄를 중심으로 한 일곱 개 지역을 가리킨다. 간사이식 우동은 약간 싱거운 듯하지만 맛이 깔끔하고, 간토식 우동은 짭짤하면서 진한 맛이 배어 나온다. 여유와 자유, 즉 짜지 않아도 되는 담백한 맛이 교토라면, 역동성과 진취성, 즉 자극을 품은 강렬한 맛이 도쿄다.

교토식 여유와 자유의 시작은 천 년이 넘는 시간 동안 일본의 수도였던 교토의 역사에서 찾을 수 있다. 지금 일본의 수도는 도쿄지만, '어차피 진짜 일등은 우리'라는 교토의 자부심이 그들 특유의 여유를 만든다. 그리고 새로운 중심지로서 입지를 다지기 위해 우수한 인재를 모아야 했던 도쿄대는 자연스럽게 일등을 추구하는 학풍을 형성해 조금 다른 색깔로 영재들의 열정을 북돋고 있었다.

일등이 아니라 유일한 연구를 하라는 노요리 소장과의 인상적인 인터뷰는 일등이어야 한다는 강박에 발목 잡힌 내 모습을 들여다보게 했다. 일등을 추구하는 것은 누구나 할 수 있다. 하지만 일등이 되려는 욕심으로부터 자유로워지는 것은 아무나 할 수 없다. 월급 15,000엔의 삶에서 나를 구해 준 것이 단백질 구조 예측 대회였다는 생각은 나도 모르게 그 대회에 다시 나가

일등을 해야겠다는 부담감이 되었고, 나는 온통 여기에 파묻혀

혼자 애를 쓰고 있었다. 처음부터 다시 시작하기로 했다.

31

오랫동안 꿈꾸는 이

✻

아내가 불쑥 문서 하나를 내민다. 아직 20대 후반, 둘 다 파릇파릇했던 신혼 시절의 일이다. A4지에 인쇄된 문서에는 〈우리에겐 꿈과 선택할 자유가 있습니다〉라고 쓰여 있었다. 지금껏 많은 시간을 함께해 왔지만, 아내가 이 문서를 내밀던 순간은 그중에서도 우리 두 사람에게 큰 즐거움을 주는 단골 회상 장면이다. 이 문서는 아내가 회사에서 하듯, 남편만을 위해 준비한 프레젠테이션 파일이었다. 거기에는 미래를 향해 언젠가 '더 큰 세상'으로 떠나자며 '가고픈 곳'이 쓰여 있었다. 직장인 대출로 어렵게 구한 반지하 전세, 게다가 도둑이 들어 패물을 도난당하고, 마음껏 외식 한 번 못하는 어려운 신혼생활을 보내면서도 우리에게는 꿈이 있었다. 유학을 떠나기 위해 첫발을 떼었던 것도, 하라 교수 연구실로 재차 유학을 떠날 수 있었던 것도, 어쩌면 이 문서를 읽으며 함께 꿈을 나누던 그때의 시간 덕분이었는지 모른다. 오랫동안 꿈꾸는 이의 삶은, 그 꿈을 닮아 간다.

새롭게 열린 길

새로운 연구를 시작하기 위해서는 연구실의 방향과 맞으면서도 내가 성과를 낼 수 있는 주제를 선정해야 한다. 또한 카멜 교수의 까탈스러운 기준도 만족시켜야 하고, 랩미팅에서 어필하는 일도 중요하다. 내 전공분야로 승부를 보는 것이 좋겠다는 생각이 들었다. 내가 학위를 받은 분야는 세포막 단백질의 이온 수송 영역이다. 생물학 분야의 책들을 다시 꺼내 예전 주제들을 하나씩 점검해 나갔다.

그즈음 네프Nef와 Vpu라는 이름의 단백질을 연구하기 시작했다. 연구실로 한번 와 달라는 다카하시 교수의 이메일을 받고 인사도 할 겸 오랜만에 학교를 찾았는데, 다카하시 교수실에서 교토대학교 바이러스 연구소의 유라 교수를 만났다. 교토대에 관한 칼럼을 작성한 지 얼마 되지 않았던 때라 왠지 반가웠다. 유라 교수는 협업할 연구원을 찾고 있다고 했다. 다카하시 교수가 우리 두 사람을 연결해 주려고 이 자리를 마련한 것이다.

유라 교수는 에이즈 바이러스의 전문가로, '붉은 여왕의 가설'을 내게 이야기해 준 사람이다. 주변 환경이 워낙 빨리 변하기 때문에 제자리에 머무는 것조차 부단한 노력이 필요하다는 붉은 여왕의 이야기는 진화생물학에서도 등장한다. 미국 시카

고대학교의 진화학자 밴 베일른은 종들이 자신의 존재를 유지하기 위해 끊임없이 자신을 위협하는 주변 환경과 싸워야 한다는 사실을 두고 '붉은 여왕의 가설'이라는 이름을 붙였다. 유라 교수가 내게 부탁한 작업은 붉은 여왕의 가설로 적절히 설명되어지는, 에이즈의 두 가지 무기와 관련 있다. 네프와 Vpu라는 액세서리 단백질인데, 에이즈 바이러스가 다른 종으로 옮겨가기 위해 사용하는 이 두 무기의 구조를 파악해서 어떤 차이점이 있는지 알아보는 작업이었다.

변화하지 않으면 뒤처지는 것은 생명의 본질과도 같다. 모든 것들은 지금 여기에서 끊임없이 변화하고 있다. 유라 교수의 제안을 정리해 랩미팅에 소개하며, 눈에 보이지는 않지만 끊임없이 변화하고 적응하며 지금을 유지하고 있는 이 세상의 모든 것들에 대해 생각해 보았다. 물체는 원자로 이뤄져 있고, 원자는 전자와 원자핵으로 구성되어 있으며, 원자핵은 다시 양성자와 중성자로 구성된다. 이것이 전자기력, 약력, 강력, 중력의 네 가지 기본적인 힘에 따라 결합된 결과가 지금 우리가 사는 우주다.

우리 몸도 마찬가지다. 우리를 구성하고 있는 세포는 단백질로 이루어져 있으며 단백질은 탄소, 산소, 수소, 질소, 황으로 되어 있는 아미노산 분자로부터 만들어진다. 자유에너지로 인한 분자간의 결합과 해산의 결과가 우리 몸이다.

우리가 인지하지도 못하는 사이 우리 몸은 엄청나게 많은 일을 끊임없이 해낸다. 외부로부터 나를 보호하기 위해 싸우는 일도 그중 하나다. 예를 들어 에이즈를 일으키는 인체면역결핍 바이러스HIV는 원래 원숭이에게 있던 것이다. 이것이 침팬지로 넘어왔고 그다음 타깃은 사람이었지만 오래도록 사람에게는 침투하지 못했다. 우리 몸이 무려 80만 년 동안이나 철저히 막아내고 있었기 때문이다. 그런데 100여 년 전 방어선이 무너졌고 이제 HIV는 사람에게 침투해 에이즈를 일으킨다. '붉은 여왕의 전쟁'에서 한 걸음 뒤처져 버린 현실이다.

HIV는 어떻게 해서 우리 몸을 뚫고 들어왔을까? 여기서부터 나의 새로운 연구가 시작되었다.

인간의 몸 안에는 유전체(게놈)에 포함되어 우리가 자연스럽게 지니고 태어나는 방어 무기가 있다. 테터린Tetherin이라는 단백질이다. HIV는 숙주세포에 침입해 자신의 RNA를 세포핵의 DNA에 침투시키는데, 오염된 세포는 자신의 유전 정보가 바뀐 줄도 모르고 HIV의 복제 바이러스를 스스로 만들어 낸다. 복제된 바이러스가 밖으로 빠져나오려는 순간, 이를 못 나가게 붙잡는 단백질이 바로 테터린이다. 그런데 어떤 이유에서인지 100여 년 전, HIV가 기존의 네프라는 무기 대신 Vpu를 앞세워 사람을 공격하기 시작했다. Vpu로 무장한 HIV는 테터린 방어 막을 무력화하는 데 성공했고, 이를 기해 에이즈가 인간에게 창궐한 것이다.

유라 교수와의 만남을 통해 새로운 연구 주제를 찾을 수 있었고, 그동안 깊이 들여다보지 않았던 새로운 접근법도 배울 수 있었다. 네프와 Vpu 연구를 위해서 기계학습machine learning 을 쓰면 어떻겠냐는 유라 교수의 조언을 듣고 이를 공부하기 시작한 것이다. 기계학습이란 컴퓨터에 기존 데이터를 집어넣어 패턴을 찾게 한 뒤 새로운 데이터를 입력해 미지의 결과를 예측하도록 하는 알고리즘이다.

카멜 교수 연구실에는 기계학습을 하는 사람이 없었다. 그래서 혼자 시작을 했는데, 처음 접하는 분야라 진도가 느렸다. 기계학습을 단백질 구조 예측 분야에 적용하는 연구자는 샌프란시스코 단백질 구조 예측 대회에서 오랫동안 이야기를 나눈 미주리대학의 챙 교수다.

오랜만에 챙 교수에게 안부 메일을 썼다. 공개되지 않은 소스코드를 받을 수 있을지 궁금하기도 했다. 다음 날, 챙 교수에게 답장이 왔다. 반갑게 인사하며 내가 요청한 소스코드를 보내주었는데, 말미에 예상치 못했던 내용이 포함되어 있었다. 아직도 포닥을 구하는 중이냐며, 자기 실험실에 오기로 했던 사람이 사정이 생겨 못 오게 됐는데, 당장 다음 달부터 펀드가 나가야 하는 상황이라 급히 새로운 사람을 뽑고 있단다. 가능하다면 다음 달까지 와서 자기 팀에 합류하라는 것이다.

단백질 구조 예측 대회 상위권 연구실. 게다가 내가 관심을 갖기 시작한 기계학습 분야의 전문가들이 모인 컴퓨터사이언스 연구실이다. 어떻게 해야 할까? 온 가족이 일본에 정착한 지 벌써 수년째다. 그사이 아이들이 초등학교와 유치원에 다니기 시작했고, 아내도 봉사활동과 한국어 강사 아르바이트를 병행하며 생활의 균형을 맞추어 나가고 있었다. 그럼에도 결정은 그리 오래 걸리지 않았다. 신혼 시절 아내가 작성한 〈우리에겐 꿈과 선택할 자유가 있습니다〉에 쓰여진 '더 큰 세상'이자 '가고픈 곳'이 바로 미국이었기 때문이다.

어떠한 선택이 무슨 결과를 가져올지는 아무도 모른다.
하지만 그 결과를 어떻게 받아들일지는 미리 준비할 수 있다.
준비된 사람에게는 어떠한 발걸음도 기쁨이다.

준비된 발걸음

✳

미국이 특별해서가 아니다. 아는 사람이 있거나 이 나라를 잘 알아서도 아니다. 그저 당시 내가 다니던 회사가 미국계 회사였고, 아내 역시 미국의 밥 피얼스 목사와 한경직 목사가 한국전쟁을 계기로 만든 단체에서 일하고 있었기 때문에 적어 놓았을 뿐이다. 그 흔한 어학연수는커녕 미국 땅 한 번 밟아 본 적 없었고, 이제 막 시작한 가정과 직장 생활에 적응하느라 바빴던 우리에게는 멀고 먼 꿈이었다. 하지만 빠듯한 삶을 살면서도 더 큰 세상으로 나아가자며 그리 약속을 했었고 그것이 이루어지리라 막연히 믿었다. 챙 교수의 이메일은 아무것도 모르던 시절 그려 본 우리 부부의 꿈이 현실이 된다는 소식이기도 했다.

아내와 이야기를 마치고 연구실에 이를 알렸다. 기계학습을 다루는 연구실은 일본에도 많았지만, 단백질 구조 예측과 기계학습을 동시에 하는 곳은 챙 교수의 연구실이 유일했다. 카멜 교수, 아시토시, 로잔, 그밖에 많은 동료들이 아쉬워하면서도 가는 길을 격려해 주었다. 이렇게 해서 한 달 뒤 우리 가족은 미주리대학이 있는 미국 컬럼비아로 출발했다. 삶의 새로운 챕터가 열리고 있었다.

꿈이 이끄는 곳

챙 교수의 스케줄에 따라 딱 한 달을 준비하고 미국에 도착했다. 보통의 경우라면 미국에 오기 전 아이가 들어갈 학교도 알아보고 살 집도 알아봐야 하는데, 일정에 쫓기다 보니 살림도 없고 옷도 없고 그야말로 아무것도 없다. 오랜 일본 생활을 정리하는 것도 힘들었는데 미국에서 어찌 지낼지 계획까지 하기에는 무리였다. 일본 집을 정리하고 미국 비자를 발급받는 등 모든 일들을 한 달 만에 다 해낸 게 신기할 정도다.

우리 수중엔 돈도 얼마 없었다. 차를 살 돈도, 집을 구할 돈도 없이 비행기표만 달랑 가지고서 미국으로 건너온 셈이다. 그런데 이상하리만큼 마음이 편하다. 아내도 나도 오는 길이 즐거웠고, 아이들은 어디로 가는 줄도 잘 모르면서 좋아했다. 경유지를 거치는 싼 비행기표라 온몸이 피곤해도, 마음만은 약속의 땅으로 소풍을 가는 듯했다.

다행히 그 낯선 곳에 도착해서 한 달도 안 되어 차며, 집이며, 살림살이며, 그 모든 것들을 준비할 수 있었다. 그곳에서 만난 교인들의 헌신적인 도움이 컸다.

챙 교수의 연구실을 처음 찾아갔을 때, 그는 단백질 구조 예측 대회에서 본 그대로의 모습으로 나를 반갑게 맞이했다. 호탕하게 웃으며 기분 좋게 이야기를 나누는 사람이라 대화를 나누는 것만으로도 왠지 힘이 났다. 연구실 사람들을 소개해 주는데 나만 유일한 포닥이고 모두 대학원생들이었다. 모두 처음 보지만, 몇몇은 논문으로 이미 이름이 익숙한 친구들이다.

새 프로젝트를 맡기 전, 챙 교수는 내게 자신의 기계학습 수업을 청강할 시간을 주었고, 그사이 유라 교수와의 이전 프로젝트를 마무리할 수 있게 배려해 주었다. 한 학기 동안 컴퓨터사이언스 학부생들과 나란히 앉아 공부하고 실습하며 데이터를 다루는 방법과 수십 가지의 기계학습법을 배웠다. 한 학기를 마칠 때쯤엔 기계학습 알고리즘의 기초를 충분히 익힐 수 있었고, 유라 교수에게 필요한 모든 자료들을 채워 보냄으로써 네프, Vpu 프로젝트도 마무리할 수 있었다.

챙 교수와 함께하는 첫 연구 주제는 모델러에 들어갈 템플릿을 '랜덤 포레스트'라는 기계학습법으로 고르는 것이었다. 3개월 동안 이 프로젝트에 매진해 논문 하나를 완성했다.

두 번째 연구 주제는 '딥러닝'이라는 알고리즘을 써서 모델러에 들어갈 템플릿을 고르는 것이었다. 딥러닝은 당시 떠오르기 시작한 알고리즘이라 챙 교수 수업에서도 배운 적이 없고 시중에 나온 마땅한 책도 없었다. 어디서 어떻게 공부해야 할지 몰라 꽤 오랜 시간 독학해야 했다. 이때 다행스럽게도 같은 연구실에 있는 제스라는 친구를 만났다. 제스는 나보다 딥러닝 공부를 한 걸음 정도 먼저 시작한 박사과정생이다. 내가 궁금해하는 걸 조금 먼저 공부해 놓은 터라 내가 물으면 알고 있는 만큼 대답해 주는데, 덕분에 공부 시간을 상당히 단축할 수 있었다. 나도 단백질 폴딩 데이터 추출 경험을 이 친구와 나누며 서로 도움을 주고받았다. 복잡한 수식에 머리를 싸매고 작은 것 하나도 직접 만들어야 했지만, 주어진 환경에서 최선을 다했다. 이 프로젝트는 거의 1년이라는 시간을 들여 완수했다. 괜찮은 논문집에 내 논문이 실리고 여러 컨퍼런스에 나가 이를 소개하는 등 프로젝트를 성공적으로 마칠 수 있어서 기뻤다.

그렇게 성과를 내며 미국에 온 지 2년 차에 접어들던 때였다. 챙 교수가 근심 어린 표정으로 나를 따로 불렀다. 그러고는 미안하다며 이야기를 꺼냈다. 그동안 연구펀드를 여럿 신청했는데, 결과들이 다 좋지 않아 내 월급을 주기가 어려운 상황이 됐다는 거다. 앞으로 3개월 정도만 월급을 줄 수 있을 것 같다고.

예상치 못한 이야기에 당황했다. 이제 또 어디로 가야 하나 싶은 초조한 마음이 밀려왔다. 그렇지만 담담히 알았다고 답했다. 전처럼 마음에 어둠이 드리워지거나 걱정과 염려로 눈앞이 캄캄해지지는 않았다. 갈 곳이 정해지지 않아 발을 동동 구르는 상황은 이미 많이 겪었다. 그때마다 속상해하고 걱정하는 것이 아무런 도움이 되지 않았음을 잘 알고 있다. 우리가 생각한 대로 상황은 흘러가지 않았지만, 돌아보면 우리에게 그다음 살 곳과 그다음 갈 곳이 끊임없이 나타났다. 챙 교수의 펀드 소진은 갑작스러운 일이었지만, 이런 상황은 이제 익숙하다.

어떤 상황에서도 누구를 원망하기보다 할 수 있는 일을 하고, 기대가 아닌 소망으로, 모든 일들을 기쁨으로 맞이하는 삶. 어쩌면 챙 교수의 갑작스러운 이야기는 그동안 우리가 연습해 온 삶의 태도를 좀 더 확실히 다지는 기회였다.

할 일을 다하고, 소망으로 다음 여정을 기다리자. 우리의 꿈들을 하나씩 이루어 준 세상이 이번에도 우리가 가야 할 다음 행선지를 알려 주리라. 이런 확신으로 지원서를 내기 시작했다.

그러기를 두 달쯤 했을 때, 정말로 오라는 곳이 있었다. 미시간대학교 화학과였다. 10년 연속 단백질 구조 예측 대회에서 1위를 기록하고 있는 그 학과. 단백질 구조 예측 대회에서 만난 미시간대학교의 양장 교수가 떠올랐다. 이곳으로 가기로 결정했다.

챙 교수의 연구실에서 마지막 월급을 받았을 때, 미시간대학으로부터 그쪽에서의 업무 시작일은 약 3개월 뒤가 될 것이라는 소식을 들었다. 이제 3개월만 잘 지내면 된다.

우리 가족은 그 기간 동안 한국에 머물기로 했다. 오랜 기간 방문하지 못했던 한국에서, 이 기회에 잘 쉬고 오리라 마음먹었다. 다만 3개월은 아무것도 안 하고 지내기에는 조금 긴 듯해서 단백질 구조 예측을 하는 한국의 연구소에 방문연구원으로 일할 수 있는지를 물어보았다. 감사하게도 단백질 구조 예측 대회에서 만나 인사 나누었던 어느 교수님으로부터 긍정적인 답변을 받았다. 항공권과 연구 공간은 물론 3개월간 월급도 준다는, 생각지도 못한 조건을 제안받고 3개월 일정으로 한국행에 올랐다.

모든 것이 딥러닝 프로젝트를 끝내고 나서 불과 3개월 사이에 일어난 일들이다. 이 시기를 보내며 우리는 주어진 시험 하나를 무사히 끝낸 기분이었다. 미국으로 와서 겨우 두 편의 논문을 썼을 뿐인데 월급을 못 받게 되었고 연구 자리를 새로 찾아야 했다. 갈 곳이 정해진 이후에도 3개월간은 오갈 곳이 없는 상황. 불안할 수 있었지만 우리는 실망하지 않았고 적절한 계획을 세웠으며 아이들은 변함없이 학교에 다니며 뛰어놀았다. 이후 3개월의 시간이 생각지도 못한 일들로 충만하게 채워짐을 보며 앞으로 어떤 상황을 맞이하든 이렇게 대처하면 된다는 것을 배웠다. 상황에 휘둘리지 않고 하나씩 선택을 해 나가는 우리의 마음이 내내 평온했음을 잊지 않기로 했다.

한국에서 오랫동안 찾아뵙지 못한 양가 부모님들과 좋은 시간을 가졌고, 아이들도 한국의 초등학교에서 청강생으로 수업을 들으며 한국 문화와 교육의 분위기를 익힐 수 있었다. 교회에 다니지 않던 아버지를 모시고 처음 교회에 나간 것도 이때였다. 나를 초청해 주신 교수님과 딥러닝에 관한 짧은 프로젝트를 진행했으며, 다음 단계가 무엇이든 감당할 준비가 되어 있다는 기쁨을 만끽했다.

모든 것이 행복하고 좋았던 시간을 뒤로하고 의기양양하게 미시간으로 출발했다. 그곳에서 전혀 예상치 못한 마지막 시험이 우리를 기다리고 있었다.

모든 일이 기쁨이라면

✳

모든 일을 기쁨으로 할 수 있다면,

지금까지의 모든 노력과,

공부와, 학위와, 시간을 버리는 일까지도

나는 할 수 있는가?

진심이냐는 물음

아무것도 모르고 단백질 구조 예측 대회에 나간 지 5년. 그사이 나는 카멜 교수, 챙 교수를 거쳐 대회장을 주름잡던 양장 교수가 있는 미시간대학교까지 오게 되었다.

미시간의 첫인상은 깔끔하고 조용했다. 학군이 좋아 집값이 비싼 것만 빼면 자연과 학교 교정이 어우러진 아름다운 도시다. 학교 근처 호텔에 체크인하고 교수를 만나러 학교에 갔다. 연구실에서 내 자리를 배정받고 함께 일하게 될 연구원들, 학생들과 인사를 나눴다. 미주리에서 보내 놓은 짐은 이미 도착해서 인근 창고에 유료로 보관하는 중이었다. 미주리에서의 경험을 살려 집도 알아보고, 수도, 전기, 가스, 인터넷은 물론 아이들 학교 전학까지, 대부분의 것들을 막힘없이 해냈다.

이제 교회를 알아봐야 했다. 처음 가 본 곳은 지역에서 제일 커 보이는 교회였다. 깨끗하게 정리된 교회 내부에, 우리를 맞이하는 분들도 친절하고, 모든 것이 안정되어 보였다. 작은 교회도 가 보았다. 집을 보러 다니는 길에 우연히 들어가 본 곳이었다. 학생들만 소규모로 모이는 교회였는데, 누가 봐도 이전에 갔던 교회와 비교되는 환경이다.

우리는 이 작은 교회에 나가기로 했다. 미주리에서 받은 것들을 이 학생들에게 돌려주고 싶은 마음이 있었기 때문이다.

그렇게 시작했던 미시간에서의 생활. 시간이 얼마간 지나고 나는 내가 다니던 그 작은 교회로부터 뜻밖의 제안을 받았다. 신학대를 다니며 이 교회를 도와줄 수 있겠냐는 것이었다. 연구를 그만두고 목회자가 될 수 있겠냐는 뜻이었다.

지도교수로부터 철저히 외면당하고도 포기하지 않았던 7년의 공부, 월 15만 원을 받으며 1년을 버틴 조교 생활, 지진으로 가족과 생이별하면서도 끝내 지켜 낸 이화학연구소의 연구실, 처음 접하는 딥러닝과 싸워 가며 한 걸음 더 앞으로 나아갔던 미주리대학 포닥 생활. 지난 12년의 노력 끝에 세계 최고의 단백질 구조 예측 기술을 가진 곳까지 왔다. 그런데 지금, 그 모든 것을 그만두고 이 작은 교회를 위해 헌신하라는 부름 앞에 선 것이다.

자신만만해하던 나. 무슨 일을 하든 기쁨으로 하면 된다고, 그저 다음 단계일 뿐 화날 일도 슬플 일도 없다고, 주어진 일에 최선을 다하고 나서, 그 뒤에 올 것을 기다리면 된다고 다짐하던 나. 그런 나인데, 그 모든 것을 버리는 일도 정말 할 수 있냐고 내가 믿는 이가 지금 나에게 묻고 있다.

방사능 비를 맞고 주저앉아 있던 밤, 나는 내 인생에서 가장 중요한 결심을 했었다. 유한하고 불완전한 존재인 나의 이기심을 채우는 선택이 아니라 나보다 더 큰 존재를 나침반 삼아 나아가는 선택을 하며 살겠다고. 어떤 선택도, 나보다 더 큰 존재를 향한 것이라면, 기쁨으로, 기꺼이 하겠다고. 이제 그 결심의 진심을 묻는 질문을 받았다. 그렇다면 그동안의 모든 노력과 과정을 버리는 선택까지도 할 수 있는가.

　우리의 삶은 끊임없는 선택의 연속이다. 그런데 어떤 선택이 무슨 결과를 가져올지 우리는 다 알 수 없다. 그럼에도 매번 선택하며 살아간다. 우리를 둘러싼 모든 것들이 내게 호의적이라는 믿음을 가지면 이 선택의 무게가 조금은 가벼워질지도 모른다. 하지만 완전히 가벼울 수는 없다. 어떤 선택은 여전히 무겁다.

　밖에서 내게 부여한 것들에 휘청이거나 자동분류기가 낳은 방어적인 이상형에 따르는 것이 아니라, 온전히 내가 홀로 서서 스스로 결정하는 선택을 연습해 왔다고 생각했다. 그 결과가 좋아도, 혹은 나빠도 내 안의 근본적인 것들에 영향을 미치지 않는다면 모든 것들이 그저 지나갈 하나의 과정이 되는 것을 깨닫는 시간들을 보냈다. 내 노력의 대가를 기대하는 것이 아니라, 최선을 다한 뒤 장차 올 것들에 대한 소망을 품는 법을 배우고, 내게 주어진 시간이 끝날 때까지 기쁨을 간직한 채 살기로 다짐하는 날들을 지냈다. 이제 나의 선택만이 남았다.

우리는 없다가 있게 된 존재다.

우리에게 허락된 시간부터 끝나는 시간까지가

우리의 생명이다.

'없다'와 '있다' 사이, 그 사이의 것들이

아무 의미 없는 공허함일 리 없다.

없던 내가 있다는 자체로,

나보다 더 큰 세상은 이미 내게 호의적이라고 믿는다.

호의적인 세상이 지금도 당신을 기다린다.

상처와 거짓됨을 내려놓고 스스로 선택하기를.

사는 쪽으로,

포기하지 않는 쪽으로.

당신이 존재하기를.

❊

나는 미시간 작은 교회의 전도사가 됐다. 신학대를 다니며 2년이라

는 시간을 그곳에서 보냈다.

교회가 안정되어 가던 어느 날, 여러 일들 속에서 그곳을 떠나야 할 때가 되었음을 알게 되었다. 우리 가족은 텍사스로 이사했고, 그곳에서 나는 다시 연구직 자리를 찾기 시작했다. 공백으로 인해 다음 자리를 구하기가 쉽지 않던 이때, 도서관에 다니며 챙 교수 밑에서 배운 딥러닝 기술을 정리해 책을 쓰기 시작했다. 그 책은 2017년 《모두의 딥러닝》이라는 이름으로 출간되었고, 알파고의 딥러닝 붐을 타고 여전히 많은 독자들과 만나고 있다. 이 책은 인디애나에서 연구 조교수로 채용되는 계기도 마련해 주었다. 지금 나는 인디애나대학교 의과대학에서 딥러닝을 이용해 치매를 예측하는 연구를 하고 있다. 최선을 다하고, 다가올 일을 기쁨으로 기다리는 삶은 여전히 계속되고 있다.

✲

하라 교수님은 은퇴 후 의사로 개업하셨다. 잠시 일본에 방문할 일이 있어서 오랜만에 찾아뵀을 때 자신의 새로운 일터에서 예전과 변함없는 모습으로 나를 맞아 주셨다. 바쁜 와중에도 차를 끓여 주시는데 잊을 수 없는 향이 옛 기억들을 깨운다. 차 이름을 여쭤본다는 걸 또 잊어 먹었다. 작은 마을에서 환자를 돌보는 일이 바쁘긴 해도 즐겁다 하시던 하라 교수님은 여전한 미소를 간직하고 계셨다.

하라 교수님을 만나던 날, 이화학연구소를 찾아가 그때의 팀원들과 오랜만에 반가운 재회를 했다. 카멜 교수는 5년간의 프로젝트를 마치고 훨씬 대규모로 팀을 이끌고 있었다. 아시토시는 이제 포닥이 아니라 상급 연구원이라는 타이틀을 달았다며 으스댄다. 로잔은 박사학위를 받고 포닥 생활을 위해 미국으로 떠날 준비를 하고 있었다. 나의 미국 생활에 대해 궁금해하며 이것저것 물어보길래, 소망을 품고 기쁨으로 나아가라고 일러 주었다(로잔은 힌두교인이다).

＊

와카쓰키 교수 연구실에서 나를 상담해 주고, 재판 날 와서 말없이 악수를 하고 간 우에노 선배는 무사히 박사학위를 받았다. 지금은 학부 때 다녔던 의대에 의공학 교수로 부임해 있다.

일본에서 나를 처음 맞으러 나왔던 동생 같은 다나카 상은 끝내 박사학위 수여자 명단에 이름을 올리지 못했다. 그 후 어떻게 됐는지 소식을 알 수 없다.

와카쓰키 교수는 은퇴 이후 어느 곳에서도 행적이 파악되지 않는다.

세계 단백질 구조 예측 대회에는 딥러닝 열풍이 불었다. 2018년, 구글의 딥마인드가 알파고를 만든 실력과 배경을 가지고 제13회 단백질 구조 예측 대회에 참가해 1위를 차지했기 때문이다. 그들의 성적이 그토록 오랫동안 1위를 고수한 미시간대학교 양장 교수 팀을 비롯, 경쟁팀을 큰 차이로 앞섰다는 사실이 관련자들에게 놀라움을 넘어 충격을 안겨 주었다. 챙 교수는 단백질 구조 예측에 딥러닝이 주효할 것임을 오래전부터 예상한 학자다. 챙 교수와 나, 그리고 제스가 했던 연구는 가장 먼저 딥러닝을 단백질 구조 예측에 적용한 사례로 영국 《이코노미스트》지에 심층 보도되기도 했다. 딥러닝을 향한 학계의 냉대 속에서 연구비가 없어 나를 내보낼 때 챙 교수의 표정을 잊지 못한다. 미안하다는 그의 얼굴에서 딥러닝을 홀대하는 분위기로 인한 어려움이 고스란히 느껴졌었다. 그로부터 4년이 지났을 뿐이지만, 구글이 보란 듯이 단백질 구조 예측 대회를 제패하자 분위기가 완연히 달라졌다. 구글은 어떤 방식으로 예측 정확도를 높였는지 모든 정보를 공개했다. 이제는 많은 팀들이 앞다퉈 딥러닝을 도입하고 있다. 지금은 그 주제에서 살짝 비켜나 치매 연구 쪽으로 와 있는 내가 여전히 이 대회에 관심을 가지고 있는 이유다.

＊

일본에서의 첫날, 아빠 품에 안겨 있던 그 갓난아기는 어느새 고등
학생이 되었다. '대한민국 바로 알리기 기자'가 되어 자기 또래의
미국 청소년들에게 한국의 역사를 알리고 한국에 대한 오해를 바
로잡는 활동을 하고 있다. 골방에서 자동분류기와 방어적 이상형
을 묵상케 했던 태중의 둘째는 벌써 중학교 졸업을 앞두고 있다. 아
이들은 여전히 사랑스럽고, 여전히 아빠를 사색하게 한다.

＊

아내는 미국에 와서도 월드비전에서 자원봉사를 했다. 그리고 지금도 새로운 꿈을 꾼다. 오랫동안 함께 꿈을 꾼 우리, 오래도록 닮아 가고 있다.

작가 후기

＊

처음엔 긴 이야기를 쓰려 했습니다. 그런데 제가 할 수 있는 것은 살아온 과정 그대로를 옮기는 것, 그리고 질문을 던져 보는 것뿐이었습니다.

2019년 1월, 브런치에 올린 첫 글은 오랜 준비와 고민의 결과였습니다. 놀랍게도, 글을 써 가며 당사자인 제가 오히려 상처를 치유받고, 아픔과 고통을 위로받았습니다. 1년 가까운 시간 동안 수많은 분들이 격려와 감사의 메시지를 보내 주셨고, 결국은 그렇게 쓴 글이 제7회 브런치북 프로젝트 대상작에 선정되어 이렇게 책으로까지 나오게 되었으니, 모든 것이 놀랍고 감사할 뿐입니다.

연구를 하는 틈틈이 즐겁게 글을 써 내려갔지만, 종종 그때의 상황이 세세히 생각나지 않아 고민도 되었습니다. 시간 순서를 맞추기 위해 그때의 자료들을 찾아보고, 회사 입사와 퇴사 날짜를 알아내기 위해 기록을 떼 보기도 했습니다. 대부분의 일을 함께 겪은 아내의 도움도 컸습니다. 함께 길을 걸어왔을 뿐 아니라 이 글의 준비 과정 내내 곁에서 고민해 준 아내에게 변함없는 감사와 사랑의 마음을 전합니다.

책은 읽어야 할 필요가 있는 사람에게 스스로 찾아간다는 말을 들은 적 있습니다. 지금 여러분을 만난 이 책이 꼭 필요한 책이었기를 바랍니다. 일본 유학 첫날부터 잘못된 역에 내린 제가 결국은 종착역을 찾았듯, 여러분 또한 가장 적당한 때에 가장 완벽하게 원하는 것을 이루시기를 소망합니다. 준비된 발걸음 안에서 모든 것이 기쁨이기를, 이미 행복한 세상에서, 오랫동안 꿈꾼 그대로, 소망을 품고 한 걸음씩 나아가는 당신의 삶이기를 진심으로 바랍니다. 당신이 가는 길을 끝까지 응원합니다.

2020년 6월 3일
조태호 드림

당신의
이유는
무엇입니까

What Is Your Reason

ⓒ 조태호, Printed in Korea

1판 4쇄 2025년 1월 10일
1판 1쇄 2020년 7월 10일
ISBN 979-11-89385-14-9

지은이. 조태호
펴낸이. 김정옥
마케팅. 황은진
디자인. 석윤이
제작. 정민문화사
종이. 한승지류유통

펴낸곳. 도서출판 어떤책
주소. 03706 서울시 서대문구 성산로 253-4 402호
전화. 02-333-1395 팩스. 02-6442-1395 전자우편. acertainbook@naver.com
홈페이지. acertainbook.com 페이스북. www.fb.com/acertainbook
인스타그램. www.instagram.com/acertainbook_official

+ 파본은 구입하신 서점에서 바꾸어 드립니다.

안녕하세요, 어떤책입니다. 여러분의 책 이야기가 궁금합니다.

홈페이지 acertainbook.com
페이스북 www.fb.com/acertainbook
인스타그램 www.instagram.com/acertainbook_official

점선을 따라 가위로 오려서 보내 주세요. 우표 없이 우체통에 넣으시면 됩니다. ✂

보내는 분

이메일

주소

이름

03706 서울시 서대문구 성산로 253-4 402호

도서출판 어떤책

a certain book

우편요금
수취인 후납
발송유효기간
2023.7.1~2025.6.30
서대문우체국
제40454호

저희 책을 읽어 주셔서 감사합니다. 독자엽서를 보내 주시면 지난 책을 돌아보고 새 책을 기획하는 데 참고하겠습니다.

1. 《당신의 이유는 무엇입니까》를 구입하신 이유

2. 구입하신 서점

3. 가장 인상 깊게 읽은 부분과 그 이유

4. 조태호 작가에게 하고 싶은 말씀이나 궁금하신 점

5. 출판사에 하고 싶은 말씀

보내 주신 내용은 어떤 책 SNS에 무기명으로 인용될 수 있습니다. 이해 바랍니다.